戦争体験を正しく伝える会・集録集
戦争体験者が語るドキュメント

英霊からのメッセージ（伝言）

山口　裕史　編集著作、著

アジアブックス

序章

山口　裕史《ひろし》（昭和32年生）

平成21年（２００９）11月、天皇陛下が

「先の大戦で３１０万人の日本人の命が失われ、その後の日本の復興も計り知れない苦労によって成し遂げられたものです。今日の日本がこのような大きな犠牲の上に築かれたことを忘れることなく、戦争を知らない世代に正しく伝えて行くことが、これからの日本にとって大切なことだと思います」

とおっしゃった。在位20周年記念式典の天皇陛下のお言葉、詔《みことのり》だった。

偶然にも同じ11月に、私が発行している地域ミニコミ紙、月刊『特選隊』（当時5万部発行・平成９年創刊）の読者の会を地域情報収拾のために作ったばかりで、年が明けた22年１月の読者の会で「戦争体験を聞く会」の開催を提案した。会員の賛同を得て４月に第１回を開催し、27年（２０１５）１月で第50回を数えた。

回を重ねるうちに、戦争について自分が何も知らないことに気付き、「聞く会」を「正しく伝える会」に切り替えた。戦争時代の体験を多くの方から教えてもらい、調べて行くうちに大戦の本当の姿が見えてきて「よくぞ日本が存続できたものだ」と感激し、先人に感謝した。しかし、何故、子孫の私達に正しく伝わらないのだろうか。

「日本がアジアを侵略した」という者たち

北海道中小企業家同友会が主催する「同友会大学」という講座の中で、平成9年9月に北海道大学の井上勝生教授が『戦前の日本の植民地支配と北海道』をテーマに講話をされた。内容は「日本はむりやり朝鮮を併合して植民地にし、大平洋戦争で多くの朝鮮人を連行した。朝鮮のとある少女は日本に来て酷いことをされ、冷たくされ、こんなに悲しい思いをした」という話を90分間延々としていた。私は併合と植民地は意味が別だろうに、何故、同義語にするのか疑問に思ったが、受講者に質問もさせず、まるで物語を朗読するように、一方的に話をしていた。

私は、この井上勝生教授の話を聞き終って日本人としてただ辛くて、あまりにも悲しくて、真直ぐ帰宅することができずに先輩の所に立ち寄り「俺は日本人でいるのが嫌になった、何で日本は朝鮮を併合したんだろうか」と愚痴ってしまったほどだった。

しかしその時、「まぁ、ちょっと待て。もし、日本が朝鮮を併合していなかったらどうなっていたと思う?」と聞いてくれたお陰で「え? 大変だ、朝鮮はロシアに侵略され、日本もやられていたわ」と考え直すことができた、日露戦争を思い出して正気に戻った。

社会人の私でも大学教員と呼ばれる専門家の、このような話にショックを受けるのだから、まして小・中学生や高校生らが学校の先生から同じような話を聞かされれば、相当なショックを受けるかもしれない。ショックが払拭されなければ、私が感じた悲しみや辛さ、日本への嫌悪《けんお》はいつの間にか小さな塊《かたまり》となって子供達の心の隅に住みつくかも知れない、妖怪のように。日本が嫌いになるように社会が動いていないか。

その当時の社会情勢は、平成4年（1998）に村山談話「日本は国の方針を誤りアジア諸国に迷惑をかけた」が出て、平成5年に河野官房長官談話で「朝鮮人を強制的に連行」、「軍の強制で慰安婦にされた」と従軍慰安婦なるものが登場し、従軍慰安婦問題解決の為にアジア女性基金が平成7年（1995）に設立され、募金を募り政府が償い金を支払った。河野洋平や加藤紘一、元総理の三木武夫婦人が率先して頑張っていた。また、女性弁護士で社会党の福島瑞穂代議士が「日本はアジアの国々を侵略し、植民地にした」、「従軍慰安婦に謝罪と補償を」とテレビで叫んでいた。

強制連行や従軍慰安婦の元々の話は、昭和57年（1982）9月に朝日新聞が「私が軍の命令で慰安婦狩りをした」という吉田清治の証言を掲載したのが発端。しかし、昭和の時代は、社会問題になっていなかったが、村山、河野談話を受けて「日本が朝鮮人やアジア諸国に非道を働いた」という話が動きだした。裁判所が従軍慰安婦だったという者らの訴えを認め、訴訟を受理したのにも驚いた。

勇気を持ってわが日本人の罪を調べた

私は、あの大戦で日本がどれだけ悪いことをしたのか、とても嫌で怖かったが勇気をもって見つめてみようと決意した。平成13年（2001）のことだった。私たち日本人が「侵略したアジア諸国」と「従軍慰安婦」を調べるために、私は専門家ではないので、まず、資料を集めて独自の年表作りにとり掛かった。ややこしい出来事は高校の歴史の教員など、歴史に詳しい人に背景を質問したり話を聞かせてもらったりして事実関係を並べていった。

調べていく中で不思議に思ったのが、関東大震災の時に我々日本人が朝鮮人を6千人も虐殺したという事件、そんな事件があったのかと驚いた。その動機を「朝鮮人が暴動を起すという流言(デマ)が広まって」、「朝鮮人蔑視の意識があったから」と書いてあったが、それだけで虐殺するだろうかと疑問に思った。それと、アメリカが数十年にわたる、何としても日本と戦争しようとする継続的な意思、まるで一つの生命を持って動く、その決意を不気味に思った。年表は出来上がった。次に、当時のアジアの地図を探したがなかったので、アジアの白地図に大体こんな感じだろうと大雑把に植民地と宗主国などいろいろと書き込んでいった。この時はベトナムだけがフランス領土と思っていた。調べていくうちに、素直にびっくりした。それは広大なアジアにタイ国(シャム)以外に国が無かったということだ。そのタイ国も国内に外国軍が駐留していたので独立国ではあるが、事実上は保護国だ。

これは、伝える会をやっているうちに気付いたことだが、私は、フィリピンやインドネシア、マレーシアがどこからどこまでなのか、ジャワ、セレベス、パラオがどれなのか地理的な位置すらおぼろげで恥ずかしいと思ったが、実は、私達はアジアについてあまり教えられていないのではないか。イタリア半島は長靴の形をしているとか、東洋と西洋の十字路トルコとか地中海など欧米の国名や地名は知っているが、モルッカ諸島、バンダ海がどこでパプア島、マリアナ、ソロモン諸島を知らないのは私だけではないだろうと思った。

約4ヶ月ほどかかって思ったのは、従軍慰安婦というものは出てこなかった。しかし、テレビや新聞では「侵略した」、「従軍慰安婦に謝罪と補償」と報道しているので自分の調べ方が甘いのだろうと思い、もう一度日露戦争まで遡《さかのぼ》って調べたが結果は同じ。「いや、もう一度」と更に調べても同じ結論だった。どこを侵略したのか。

3回も同じことを調べるとどちらが正しいか分って来る。それどころか、ロンドン軍縮とワシントン軍縮の2回の軍縮条約で蒙《こうむ》った痛手や日露戦争のこと、朝鮮半島への投資、第一次世界大戦でお互いに疲弊して落ちぶれたヨーロッパ諸国に対し無傷で残ったのは日本とアメリカの2国のみだった等々、「日本ってそんなにスゴイ国なの」、「日本は健気《けなげ》だ、可哀想だ、一生懸命だ、誠実だ」と反対に認識を新たにしてしまった。

ＧＨＱが焚書《ふんしょ》した地図帳が手元に

当時の地図帳がある訳が無かった。ＮＨＫの早朝のラジオ番組『今日は何の日』で、平成24年に知ったことだが、終戦でアメリカによる間接統治が始まった昭和20年12月に、ＧＨＱ指令で文部省が国史（日本の歴史）と修身、地理科の３教科を停止し、その教科書を回収した。地理科の地図帳も回収され廃棄、焚書《ふんしょ》された。その後、地理科は社会科の中にコンパクトに組み込まれた。この地図帳を探したが札幌市の市立図書館、道立図書館にもなかった。

ところが、焚書されたはずの地図帳、昭和13年（１９３８）２月23日発行の『昭和外國地圖』東京開成館編の地図帳を大正14年生まれの海軍主計兵、広島県大竹海兵団・山口県防府海軍通信学校等を経て終戦を迎えた金子弘さんから借りることができた。金子さんは兵隊になる前は商船の船乗りをしていて、将来は外国航路に乗ろうと思って外国地図帳を大切に持っていたそうだ。金子さんは第31回、平成25年１月に「戦争体験を正しく伝える会」で講話して下さった。

この地図帳には、アジア植民地の持ち主、宗主国の名前が記してある。当時のアジアやアフリカの状況が一目瞭然で、どこの地域がどこの国の領土か分る。同時に石油、ゴム、石炭など、産出される資源や農産物等が細かに記されていて見ていて楽しい。アフリカのコンゴ（白領＝ベルギー）近くの国境線が入り乱れていて各国の分捕りあいを思わせる。金剛石(ダイヤモンド)、象牙、駝鳥、石炭、他の資源が豊富でヨーロッパ諸国はとても豊かだ。ハワイの人種別人口は日本内地人が約14万人で一番多い。

この地図帳を見ると、当時のアジアはヨーロッパの領土で、日本が「アジアの国々を侵略した」と責められても、アジアではなくてヨーロッパの植民地でしょと聞き返したくなる。不思議なことに「ヨーロッパの植民地を侵略した」と責める声を聞かない。

アメリカが焚書した、この貴重な地理科の地図帳の「アジヤ州」と「アフリカ州」の地図を巻末に付録として綴《と》じ込んだので、拡大すると宗主国の名前もよく見える。

小中高校の歴史の教科書、南京事件と強制連行

高校用教科書、東京書籍の日本史A（平成17年2月発行、14年検定済）には、『南京事件』を日本軍が中国人捕虜や一般住民を含む10万人以上を殺害したと書いてある。また中華人民共和国は30万人を殺害したと主張する事件だが、当時の地図（昭和外國地圖）の「列国の主

英霊からのメッセージ

正誤表

お手数ですが訂正をお願いします

箇所	誤		正
11頁6行目	南京事件	↓	南京虐殺
112頁経歴	**昭和3年2月生**	↓	**3月生**
	陸軍二等兵	↓	軍属〜陸軍二等兵
139頁12行目ルビ	薨《みま》かりし	↓	薨《こう》かりし
189頁8行目と190頁1行目	南京事件	↓	南京虐殺
244頁11行目	中国の王兆銘《おうちょうめい》	↓	汪兆銘《おうちょうめい》
248頁1行目	東京では民間人	↓	東京他で
250頁3行目	日ソ不可侵条約	↓	中立条約
253頁5行目	松川事件研修室	↓	資料室

要都市」から中華民国、南京市の人口をみると63万人（本書１９０頁）と書いてあり戦闘が終ると再び人々が戻って来て賑やかになったというが死臭漂う町に人が戻るだろうか。また、南京安全国際委員会※が調べた避難後の南京の人口は約20万人、辻褄が合わない。

インターネットでは南京虐殺事件の象徴的写真の写真説明（左に掲載）は捏造だったと記事を書いた本多勝一元記者（朝日新聞）が認めたと『週間新潮』に掲載されている。また、『南京の実相』（水間政憲、小学館文庫）で南京事件は嘘だと明らかになっている。

本多氏の捏造《ねつぞう》した写真説明【婦女子を狩り集めて連れて行く日本兵たち。強姦や輪姦は七、八歳の幼女から、七十歳を超えた老女にまで及んだ】写真の出典無し。

本物の写真説明は『アサヒグラフ』昭和12年（１９３７）11月号より、【我が兵士に護《まも》られて野良仕事より部落へかへる（帰る）日の丸部落の女子供《こども》の群】。

『強制連行』については、その根拠となった吉田清治の証言と、朝日新聞の植村隆《うえむらたかし》元記者が書いた、日本軍が「女子挺身隊《ていしんたい》の名前で従軍慰安婦として強制連行した」との

※南京安全国際委員会＝南京攻略戦に際し南京から避難できない市民を救済するためにアメリカ人宣教師を中心とした組織が城内の一部に安全区を設定した。

記事は、平成26年8月5日の朝日新聞が検証記事を掲載し、強制連行も従軍慰安婦も嘘だった、「挺身隊《ていしんたい》」の意味を知らなかったし、裏づけが甘かったし「誤報」を報道した、と嘘を認めた。教科書には、「韓国併合以降、朝鮮農民が窮乏化し働き口を求め日本にやってきて、その数は明治43年（1910）2千人で、だんだん増加し、「昭和20年には236万人にまで増え、この時期の増加はもっぱら強制連行だった」（同120頁）と明確に強制連行と捏造を書いてあり教科書が国を貶めている。教科書だけでは無い。

辞書

八紘一宇《はっこういちう》こそ、日本のあるべき立ち居振る舞いである」、と国会で三原純子議員が発言すると、それは侵略のスローガンだ「辞書に書いてある」と平成27年3月参議院予算委員会で問題になった。

『八紘一宇』は日本書紀で神武《じんむ》天皇が大和《やまと》を平定し国を始められた話からきている。三省堂の新明解国語辞典は良く出来た辞書で、私は若い時からずっと愛用している。平成24年の秋、日本人の思想理念の基本である『八紘一宇』を辞書で引いたら、

【全世界は本来一つであるということ。第二次世界大戦中の外地への侵略を合理化す

るためのスローガンとして用いられた】（平成14年（２００２）発行、第5版）となっていたのでびっくりした。今までこの言葉を使って来たが「侵略の為のスローガン」…、そんな筈はない、しかし、辞書にはそう書いてある。吃驚《びっくり》した。捨てずにあった高校時代に使っていた昭和47年（１９７２）発行の新明解国語辞典、初版の辞書を引っぱりだして、八紘一宇《はっこういちう》を引くと、

【世界じゅうが、一家のように仲良くしようという理念】

と、本来の意味が載っていた。やっぱりか、と思った。書きぶりに悪意がある、冷静に読むと書き方は似ているが意味が全然違う。

【世界中の人々が家族のように仲良くしよう】という意味が

【侵略を正当化するためのスローガン】という意味合いになっている。国会での反論人の示した根拠の通りで、辞書にはそう書いてある。

神聖な辞書なのに作り手の主義主張、思想見解が入って歪曲《わいきょく》されていて、彼らに有利な字面《じづら》に書き直されている。こういうのを改竄《かいざん》という。辞書は言葉の根拠で、道標《みちしるべ》なので辞書を引いた者は、聖書や教典を読むように間違い無く、素直にそう信じる。

当然、三省堂の辞書編集部に抗議の電話をかけた。「侵略した外地」ってどこか、何を根拠に侵略というのか、個人の見解を辞書に載せるな、とお願いした。先方は、編者の金田一は亡くなっているので存命の酒井、山田に問い合わせてお答えします、とのことだった。折り返しの電話で「その言葉の担当者が『言葉に罪は無い』次回の版の改訂の時に直します」との回答だった。

しかし、改訂版が直っていないことが分ったので、平成27年3月に裁判も辞さないと再度抗議した。侵略だろうが解放だろうが、愛と平和のスローガンに使われていたとしても、八紘一宇の意味には関係はない。辞書の改竄《かいざん》を発見できた根拠も辞書だった。絶対的存在の辞書を改竄するなんてことは許されない。誰が何の為に書き換えたいのか。

歴史認識

日韓の歴史認識の一致を、とテレビ新聞が報道していた。『歴史』と言う学問は、国によって認識が違うということも伝える会を開催しているうちに判《わか》ったことだが、当たり前のことだ。中国や韓国、北朝鮮にも国の歴史もあるし、9月2日を終戦とするロシアの歴史、アメリカ、イギリス、ヨーロッパ、アジア、夫々《それぞれ》の国の歴史認識がある。

今までの話で理解していただけると嬉しいが、「従軍慰安婦、拉致、誘拐」、「強制連行」、「南京虐殺」、「日本軍の犯罪」というこれらの問題は、先の大戦を利用して作り上げられた話しと言う事が分る。新聞やテレビの報道、日本嫌いの専門家の事実に蓋《ふた》をした戦争の話に惑わされる事なく、先の大戦を正しく知り、自分自身が嘘か本当かを見極められるといい。新しい時代に生きる私達は、曖昧《あいまい》な「戦後の教育」の歴史を学んで来たが、日本人としての誇り高い歴史観を持つ事が大切だと思う。

日本人の矜持《きょうじ》

テレビ新聞の報道は、日本軍が「侵略した」、「軍国主義」であると、先の大戦を矮小《わいしょう》化《か》し、日本を貶《おとし》めて雁字搦《がんじがらめ》めに縛り付けたいのだと思う。私はかつて、テレビや新聞の報道、学者やタレント、政治家の話から、これらを信じて苦んだり、悩んだ事がある。集団的自衛権、君が代、日の丸、靖国神社の参拝が問題になったことも先の大戦を正しく知らないことから来ていると思う。

時代の巡り合わせで青春時代を戦争の時代に過ごした先人達。置かれた環境で懸命に生きた波瀾《はらん》に富んだドキュメントはこれからの日本人にとって大切なものを残してくれると感じる。

偶々《たまたま》、生き残って下さった方々が私達に伝えるべく、今日まで存命して教えてくれているようだ。今回、病と闘いながら命を削るようにして日本人の心、その精神を伝えたい、残したいと原稿を書いてくれた方がいる。その気持は70年前に戦渦で亡くなった方々と同じだ。私は死んでゆくが、日本のこれからを頼みます、後を頼みます、と。

現在の私達も、先の大戦で戦ったことの誇りを次の世代に伝え、祖先から託された思いを次の時代の日本人に託したい。

先の大戦で亡くなった全ての日本人の死が日本を救い、世界のために大きく貢献したことを理解するのは直ぐには難しいだろうが、忘れては成らないと思う。戦いに敗けたら国は消滅し人々は奴隷になるのが当時のアジアアフリカの姿で事実だが、日本が存続しているこの奇蹟を心で知れば、日本人としての矜持《きょうじ》は、びくともしなくなると思う。

また、黒人とアジア人と白人が対等に話をしている風景は大戦前は想像もできない。

日本人としての誇り

東北の大震災で自衛隊の活躍に感動した。自己を投げ打って懸命に被災者を救援する働き、決死の任務に志願する若者、指揮官。自衛隊も消防も警察も、その姿に国民が感動し涙した。講話者の元自衛官の方から聞いた話しだが、自衛隊員が帰宅途中に緊急の電話を部隊から受け、Uターンして部隊に戻り、そのまま東北方面に出動した人もいたという。これは非常事態だ責任は俺が取ると職責を賭けて全国に出動を命じた陸幕長もいた。

行方不明者の捜索、第１特科団第１特科群（本部：北千歳駐屯地）石巻市大塩谷（H23/4/11）

自衛隊と旧軍は別とは言え、国難が迫った時、人々の為に、我を顧《かえり》みずに立ち向かう日本人の心はいつの時代も変わらない。天皇陛下が高く評価されたアメリカ軍の「トモダチ作戦」の暖かさにも思わず胸が熱くなった。大切な友人となった米国に感謝した。

先の大戦を正しく知って日本人としての誇りを持った時、先人達の願いを知った時、私達は日本人としての矜持《きょうじ》を強固にして夢と希望を抱《いだ》いて強く生きなければならない。

序章

目次

第1章　戦争体験を聞く、伝える

一発の機銃弾　工藤　澄　陸軍飛行第53戦隊　24

真珠湾作戦から終戦まで　高橋　訓治　海軍キスカ航空隊、パラオ航空隊　40

シベリア抑留体験を語る　神馬　文男　零式水上偵察機 搭乗員　76

ベトナムでうちの娘を嫁にもらえと口説かれた　伏見　一　通信士・岡九三二六部隊南方航空　112

昭和19年の思い出　八木　忠雄　第2海上機動旅団、主計将校　141

占守島の戦い　小田英孝　戦車十一連隊　少年戦車兵　156
歴史を正しく見る事 アジア解放から人種平等へ
西田秀男　第19師団歩兵73連隊・主計将校　178
航空特攻の真実　菅忠明　第七練習飛行隊・空第五四一部隊　200
第2章　これまで伝えて下さった方々　228
最終章　243
付録　焚書《ふんしょ》された『昭和外國地圖』、GHQが消した日本人の記憶の一つ
アジヤ州、大洋州、アフリカ州

第1章

戦争体験を聞く、伝える

本書には今日の意識・観点から見て不適切と思われる表現がみられますが、体験談という性格上、あるいは体験当時の時代背景に鑑みて、なるべく改変せずに体験談を伝えることを重視しました。もとより差別を助長する意図はありません。

体験談は「戦争体験を正しく伝える会」での講話のテープを起して編集したり、それとは別に講話者に原稿を書いて頂いたものを編集掲載しました。

体験談に登場する高橋訓治さんとお会いしたのは平成18年、札幌の本郷通り商店街の高山郁雄理事長の紹介で、お母さん（智恵子氏、昭和３年生）の兄の境田忠信飛行兵曹（大正10年生）が昭和19年（１９４４）７月25日パラオから偵察に出て未帰還となり戦死。兄が最期はどのようなものだったのかを高橋さんから聞いて納得できたとのことです。

鉄道マニアには有名な工藤澄《きよし》氏との出合いは平成13年自叙伝の事で。ずっと封印していた戦時中の記憶を伝える会で話したことで次々と当時の記憶が甦《よみがえ》り目から鱗《うろこ》が落ちたようだと吃驚《びっくり》していました。伏見一氏の、娘を嫁にもらえと村長に口説かれた話は新鮮でした。キスカ島に救出に向かった人と助けられた人の話等、私は多くの方々から話を聞いて調べて行くうちに、先の大戦が段々と立体的に見えて来て、隠された真実にいくつも気が付きました。掲載した８つの体験談から何か感じる所があると思います。

時代の巡り合わせで、青春時代が戦争の時代と重なり死と隣り合わせの歴史的な瞬間を過ごした方たちが、時間を超えて今、私達に語りかけてくれます。

一発の機関銃弾

工藤　澄《きよし》（大正14年生）

陸軍・飛行53戦隊　整備下士官

所沢陸軍整備学校

右が工藤澄氏（昭和19年9月）
整備学校の九八戦の前にて

第１回、平成22年4月30日

私の机の中に一発の機関銃弾がある。戦時中、米軍の航空母艦から発進したグラマンか、カーチスから発射されたもので、口径2分の1吋《インチ》（12・7粍《ミリ》）、当時の機関銃としては破壊力抜群のライメタルと記憶している。

12.7mm機関銃弾

三八式歩兵銃と特別幹部候補生志願

私、昭和15年、満14歳で鉄道学園「国鉄技能者養成所」に入学、その道の教育を受け始めた。授業は技能習得が主であるが、戦時中のこともあり、体育の時間などは何《い》時《つ》の間にか軍事教練が主流となっていた。教官は、退役軍人の将校、下士官、兵隊とそれぞれ違った前歴から持ち味が違った。

軍隊調は次第にエスカレートし、旭川の歩兵連隊に仮入隊で1週間程の軍隊宿泊の厳しい訓練となった。16歳の頃、体がまだ出来上がっていない私達には三八式歩兵銃はあまりにも重い。苦痛の訓練であった。

当時、現役入隊が1年早まり19歳で兵役になるなど、私にも入隊が目の前に迫ってきた。逃れる術は…、私が考えだした窮余の一策、その秘策とは「14歳から身に付けた技能を活かそう」、考え通りになれば歩兵銃の重圧から解放される。座して待つよりは自分に適したところへ行った方がいい。軍隊を嫌っていた私が志願するというので友人達が笑った。今でも忘れることが出来ない。

所沢陸軍航空整備学校

昭和19年2月、受験したのは陸軍航空整備学校、特別幹部候補生。希望通り合格し、4月1日、所沢陸軍航空整備学校へ入学した。

入学直後、痛切に感じたのは初めて親元を離れた者が殆どでホームシックにかかっている。私は14歳で親元を離れて寄宿舎生活を送り、共同生活にも慣れていたので、この時ホームシックは卒業しており、思う存分学業に専念できた。実習の基本は国鉄養成所で習得済みであり、問題はなかった。入校して良かったのは軍事教練などないに等しく、楽しくはないが余裕を持った学校生活になった。

午前中は教室で学科、多いのは当然のように航空機に関すること。午後は広い格納庫で実習である。これは習得済みどころか、養成所で一定のレベルに達していたので、教官の手伝いをする方が多かった。実習のテストは3ヵ月ごとにある。

３ヶ月目の試験、学科はさて置いて、実習はなんとスパナ作りである。私の本職が試験に出るとは思わなかった。人間には運、不運がある、これで採点されようとは。経験が１００％活かされたのはもちろんである。当然のように結果は明白で、スパナを簡単に仕上げた私は、他の生徒の道具を直したり、手伝いなどで試験を終了した。結果は６００人中のトップだった。このあと、実習では特別扱いされ、教官の助手を務めるようになった。６ヶ月目の試験も手作業で機体の弾痕修理で、私にとっては問題なく終了した。

しかし、この事が人間の一生に大きな別れ道となった者がいた。予期しないことが起きた。一緒に入校した仲間が仮卒業でいなくなった。卒業はまだ6ヶ月も先なのにと思っていたが、戦地へ行ったとか、部隊に配属になったとか噂は広がったが、その後の消息は知る由もなかった。しかし、私達残留組も、年が明けた昭和20年1月、繰り上げ卒業で学校生活を終えた。

水戸教導飛行師団

実習の評価で恵まれた私は、実践部隊ではなく水戸教導飛行師団、那珂湊《なかみなと》へ配属となった。そこは初年兵、召集兵などに基礎教育をして各部隊へ配属していたもので、私は専《もっぱ》ら教官の手伝いが多く、勿論、徒手訓練（行進、整列など主に部隊としての基本訓練）などない。暇があると傷んだ工具の手入れ、主にタガネ（金属切削《せっさく》用の手工具）の修繕を担当したが、教官の都合がつかないときなど、航空機の構造、機能、機関（エンジン）の構造を教えたこともあった。

地図右上の那珂湊に水戸教導飛行師団がある

一方、戦局は日本に利あらず、日本全土が標的となり、東京は素より安全地帯は無くなってきた。

空襲

昭和20年2月のある朝、突然、空襲警報が鳴った。戦闘部隊ではないこの師団が、空襲を受けると全く無防備そのもの。対空機関砲などを持っていない教育部隊なので、唯一防空壕に逃げ込むだけである。兵舎に居た私も逃げ出そうとした時には、グラマンがそこまで来ていた。バリバリ、機銃の音、動いたら撃たれると思いながら指定防空壕に逃げ込んだ。断然有利な米軍、日本の近海まで空母で近付き、3機編隊でズングリしたグラマンF6Fが、次から次と入れ代わり立ち代わり爆撃を繰り返す。こちらからの反撃がないので丸で演習のように悠々と襲撃してくる。長い時間続いた。爆弾が落ちると地響きがする。機銃掃射の音、防空壕の中は暗く生きた心地がしない。土埃がひどい。こんな戦争早く終らないか、軍人の我々がそう思うのだから、一般の人は可哀想にと。

2時間以上に亘った空襲が解除になって、壕から出て驚いた。死体が転がっている。手足がバラバラのもある。顔面があるが後ろがない、愕然とした事を今でも思いだす。背中を撃たれた将校が死んでいる。モンペ姿の女性も死んでいる、19歳の私にはショッキングな出来事であった。後から聞いた話では、防空壕近くの水道管が破裂して壕に水が入り30人近くの初年兵が溺死《できし》したとか。

遺体収容

部隊へ集合点呼があった。私は一つの班の責任者で当日は遺体の収容、翌日は火葬するという。兵隊４人とリアカー（食事運搬用）を引いて遺体を集めにいく。私の班に古年兵が一人いて、遺体の収容の経験があるとのこと。助かった。子供みたいな私に同情したのか、昼食はなかった。夕食のにぎり飯も喉を通らなかった。バケツに入れた遺体、セメント袋に入れた手足、いつまでも脳裏に焼き付いて離れない。

医務室の裏に並べた遺体、氏名の確認、遺留品を取り出して並べる。夕方、24名分の遺体が私の班の火葬受け持ちとなった。飛行場の外れまではトラックで搬送。無造作に荷物でも扱うように積み、そして、降ろしていく無情な光景である。幅１メートル、深さ30センチくらいの溝が掘られた。この上に火格子《ひごうし》（ロストル）の役目の生丸太を並べる。長さ10メートル余りの溝。古年兵は要領良く事を進める。丸太の上に薪を並べ、遺体を載せて薪を積む。夜、８時頃までに準備は終った。近くにテントが張られた。その夜は屍衛兵《しかばね》（死体の警備）である。

飯。夜、９時過ぎ夜食が出た。朝から何も食べていない。口の中へ押し込んだニギリ亡くなった人の家族に知らせは届いたのだろうか。この空襲で何名が死んだのか勿論発表されない。夜、小雨となり野犬がうろついていた。テントの中で横になったが眠れるものでない。

翌日の午後、荼毘《だび》に付すことの命令が出た。軍人以外の軍属の遺体も2体あった。肉親に見送られることもなく火葬されること、戦争は悲惨である。そして、午後、火葬の火がつけられた。遠くでも煙が上がっている。3時間かかって火葬の作業が終ったが、焼却の温度が低いので骨までよく燃えない。骨箱に押し込んでも残骨が入りきらず穴を掘って埋めたことなど、他の人には知る由もない。

一発の機銃弾

後始末をして兵舎に帰ったのは暗くなってからであった。部屋に入って驚いた。窓は飛ばされて無い。室内は埃だらけ、寝台の枕元に置いてある手箱（唯一の私物入れ）は前の蓋が外れている。何があったのか、と近付くと手箱の左が破損している。

10数冊の教本とノートを取り出して見ると本もノートも団子状にくっ付いている。機銃弾が入ったのだ、串刺し状に。飛び込んだ弾は途中で止まっていた。大事なノートもあった。本をはがし、弾丸を取り出し私物の中に入れた。（運が悪ければ死に、運が良ければ生きる。この一発の弾にも色々思い出がある）。

首都防衛戦隊

散々の空襲で機能を失った教導飛行師団の施設。数日後に上官に呼び出され、命令を受領、転属である。千葉県松戸、飛行第53戦隊、首都防衛戦隊である。

二式夜間戦闘機（屠竜《とりゅう》／復座）の整備を担当。これは学校時代に専攻した機種で、習った頃は攻撃機であったが、空襲が激化し夜間戦闘機になった。武装の20ミリ機関砲を水平から60度上向きに改修した。この改修は何故なのか、次の文から納得できると思う。

東京は夜の空襲が連続あり、従って、私らの53戦隊も出動回数が多いが、撃墜されるものもなく全機無事帰還する。空中退避ではないかと囁かれたが事は明白。米軍の

Ｂ29のエンジンはスーパーチャージ付き（過給器）の２５００Hp×４発、高度１万メートル以上を飛行する。我が屠竜は１２５０Hp×２発、８千メートル以上の高度は無理なので、空中からさらに上空にいる敵爆撃機に、上向きにした機関銃で銃撃を加えるわけだが、敵が上空では戦闘にならないのだ。３月の東京大空襲は大きな被害が出た。戦局は悪化の道を辿《たど》る。

東能代に転属

３月に転属命令が出た。今度は沖縄飛行第３戦隊となっていたが、沖縄には本隊は無く、連絡場所、秋田県東能代となっている。列車を乗り継いで秋田へ向かった。東能代の飛行場は、町並から外れた少し高台にあった。この転属には少し意味があったようだ。

数日後に指示された内容は、「大坂航空廠《しょう》、八日市分廠へ行き連絡を待て」と、屠竜を作っている会社に行くことになった。つまり、仕事は飛行機受領のためである。落成機の検査、主な作業はエンジンの回転試験、各部の油漏れ検査など、半日の仕事である。操縦士と整備士の私と一緒に八日市へ向かった。

工場は八日市、宿舎は25キロ程離れた彦根にあり、民間旅館借り上げで兵站《へいたん》旅館と呼んでいた。毎日作業が無く、殆《ほとん》どこの旅館で待機していた。当時材料不足で、特にアルミニウムが無く、完成する飛行機は皆無に近い。毎日宿舎の前でブラブラしているので憲兵に目をつけられ（脱走兵と思われたのか）、職務質問されたことがあった。

暫《しばら》くの間いたが、仕事をしたのは3日程。6月に八日市から東能代に戻った。その頃になると、演習用のガソリン不足で演習の回数も減り、日中の演習は練習機、通称「赤とんぼ」が時々飛ぶくらいで極端に少なくなった。稀《まれ》に早朝の払暁《ふつぎょう》飛行と夕暮れ近くの薄暮《はくぼ》飛行に数機が飛行する程度であったと記憶する。

この部隊の主力、二式襲撃機（屠竜《とりゅう》）は当初、本土上陸を目指す敵を迎え撃つ攻撃機で、57㎜機関砲を装備していたが戦況の悪化で一部は首都（東京）防衛のための夜間戦闘機に改修されたのは前述のとおり。それからまた、襲撃用に改修された。更なる戦況の悪化に、直接飛行機の整備を担当する我々も士気が上がらない。

この頃、日本本土の制空権はアメリカ軍が握り、空襲は日本全土に及び、安全な場所は無くなっていた。そして、秋田方面に空襲の警報「警戒」警報が出ると、部隊もその報を受けて飛行準備に入る。勿論この飛行機の構造上、迎撃は不向きなので迎撃では無く空中退避である。続いて出る「空襲」警報で我々は、エンジンを始動させ操縦士が来るのを待つ。飛行場の外れに分散した飛行機まで操縦士達は自動車（エンジン始動車）に乗って来る。操縦士と通信士が飛行機に乗り込み、操縦士の「離陸」合図で離陸して行く。全く複雑な気持ちで見送る空中退避。こんなとき事故が起きた。

二式戦　屠竜（とりゅう）

事故

空襲警報でエンジンを始動させて操縦士が来るのを待った。車で到着した操縦士と通信士が飛行機に乗り込み座席に着いた。離陸の合図がきたので、三角形の車輪止めを外す合図を送った。その時、突然離陸中止の合図、空襲警報が解除になったのだ。操縦士は天蓋《てんがい》を開け操縦席から出て翼から地上に降り立ち、そのまま前にでた。プロペラはその時、肉眼では見えない回転数で回っていた。「危ない！」と思った瞬間

「ガッ」と回転しているプロペラに巻き込まれて頭から上半身が真っ二つになって即死だった。パイロットが機体から離れる時は主翼の先端を廻る事が鉄則なのに、どういう訳か主翼の下を通ろうとしたのだ。我々地上勤務者には解らない空中勤務者の心理状態。

国内にいても、空襲がなくても、命を落とす戦争の無惨な出来事。この他に色々な事故を目撃した。

当時の軍用飛行場は舗装などしていない。一面の草原で雨上がり等に事故が起きた。車輪を支える装置に無理がかかって折れ、胴体着陸したり、小さな車輪の単発機がトンボ返りするのも何度か目にした。またエンジンの故障で着陸体制をとれず飛行場の端に墜落し、突っ込んで空いた穴から操縦士の遺体を収容したことなどもある。特に夕暮れの薄暮飛行訓練などの時の事故が多かった。

傍受するニュースも暗いものばかりが耳に入る。あまり軍人精神の入っていない我々、戦争は物量で勝負と言われる、何も無い日本。平成23年のＮＨＫの朝ドラ『おひさま』で竹槍が出て来たので思わず苦笑いしながら観ていた。

終戦、部隊長の粋《いき》な計らい

8月6日、広島へ原爆投下、9日長崎へ原爆、そして同じ9日にソ連軍の参戦。部隊の中にはこの情報がすぐ広がった。この頃、私達若年組は到って無責任。敗戦になったらどうなる、と公然とこれからの不安を話合った。

そして8月15日、本部前に整列して玉音放送を聞いた。小さなラジオのボリュームを上げるとピーピー、下げると聞こえない。このあと部隊長からの話であらまし理解した。戦争は終った、日本が負けた。更に部隊長が追加したことは、決して軽挙妄動に走らず命令に従ってほしい。復員は、手続が終れば開始されるであろう。これに付け加えられたのが、部隊の飛行停止は8月20日、それまでに全機プロペラを取り外すことであった。

ここで部隊長の粋な計らい。飛行隊に在籍して、一度も飛行機に乗ったことのない者、希望者は全員、落下傘を装着して指示に従うこと。これは練習機（通称赤とんぼ）を使用するため同乗者の座席は1個、8月19日までかかって終了した。飛行機には乗れるし家へも帰れそうなので、部隊の中は一変して和《なご》やかな空気となり、笑顔も見られるようになった。

復員

8月21日から復員が始まった。北海道は連絡船が運行されていないとかで後回しとなった。4、5日もすると部隊の人数も残り少なくなり、勿論《もちろん》炊事係もいないので、米と缶詰が支給になった。道内者3名、富良野、網走へ帰る者と一緒に青森まで行って見ようということで、8月末青森へ着いた。一晩、駅構内で野宿はしたが9月1日午前、甲板でも良いと無理に乗船したのが樺太丸。函館へ着いた時は暗くなっていた。夜行列車のデッキに置いた荷物に腰掛け、翌朝久し振りに我が家へ、「唯今《ただいま》」と帰ると、母親がニッコリ笑って迎えてくれた。

同期の友人はシベリアに抑留となって、昭和24年、ソ連に洗脳されて帰国した。革命が起きると真剣に話すので回りを見てみろ誰が起すのかといっても正気に戻らない。抑留者は苦難の道を歩んだのだ。

一発の機銃弾。私が歩いてきた道を知っている。

終戦後、工藤澄さんは国鉄に再就職した。業務研究発表で様々な実績をあげ、国鉄退職後、ＪＲ子会社で手掛けた車両は、札幌のささら電車（竹ブラシでラッセル）、函館のレトロ電車、蒸気機関車C11など多数。

札幌の冬の風物詩　ささら電車

函館レトロ電車

C11　すずらん号

えっ、アメリカと戦争？
真珠湾作戦から終戦まで

第6回 平成22年10月

高橋　訓《くん》治《じ》（大正9年生）

海軍・キスカ航空隊、パラオ航空隊

第五十四期操縦練習生

昭和15年12月24日　第三期飛行練習生中練修業記念

私は大正9年2月東北に生まれ、少年期に国鉄の傭人《ようにん》採用試験を受けてみないかと誘われ昭和10年12月、16歳の時に北海道帯広の長姉の家に身を寄せ勉強した甲斐あって合格、努力して機関助手になった。月給45円と乗務手当15円。大卒の初任給が45円とか。当時としては飛び上がるほどの給料であった。しかし、思い上がりも甚《はなは》だしいが一年も乗務すると機関車にも馴れ、毎日の同じ風景に楽しい乗務もやがて飽きてくる。

日支事変の最中、果たしてなれるか否かわからない飛行機乗りになりたくて昭和13年の海軍志願兵募集の試験を受験して合格、おまけに国鉄で勉強した甲斐もあって、海軍人事部長より表彰を受けた。思い悩みながら5月末日に池田機関区を後にした。

横須賀海兵団

昭和14年6月、横須賀海兵団に入団することになり、6月1日そぼ降る雨に濡れながら、横須賀駅から海兵団まで行進、正門の衛兵所前を通り、団内に入った。一旦入ったからには滅多なことでは出ることができない。

型通りの身体検査が済んで、各科各分隊に収容され、先任の水兵の指導で海軍のジョンベラ（水兵服）に着替えた。さあ、これからは海軍兵だ。ところが、聞くと見るとでは雲泥の差。仕舞った！　と思ったがもう遅い。募集の時は良いことばかりを宣伝するもの。海軍の義務年限は5年満期、除隊する頃は24、5才、だまって国鉄におれば機関士になっているだろう等と少なからず後悔もした。

海軍四等航空兵を命ぜられ、軍務に追いまわされる。何のことは無い軍人精神の鍛練である。毎日喰う事から排出すること、歩くことから走ること、寝ることから起きることまで規律があり、銃の操作から短艇の漕ぎ方、手旗信号の送受信まで軍艦生活の訓練である。朝から晩まで海軍軍人となるべく人権など全く無視された軍事教育である。

機関区に勤務している頃は一流旅館でおいしい銀飯を食っていたのが、盛り切り一杯の麦飯に逆戻りしたのだから我ながら涙が出たが、ここは一番、頑張らなくては人に笑われる。自ら憧れて選んだ道ではないか、刑務所に入ったつもりですべてを忘れ、軍務に精励しようと思いを新たにした。

日一日と隊内生活にも馴染んで、前に進むんだ、後がないんだと自らを叱咤《しった》激励した。新しい知識を教育され少しずつ海軍軍人としての別の人間が育成されていったのか、俗に言う、娑婆気《しゃばっけ》が抜けて、自分の生きる道を考えるようになった。古い飛行機の分解組立、整備、試運転等とのんびりする暇がない。炎天下に完全武装して汗が出なくなるまで駆け足させられ、人には言えない厳しい罰直にも堪えなければならない。

やがて6か月の海兵団生活も卒業、11月末、海軍三等航空兵に進級し、各艦船や陸上部隊、航空隊に配属される。私は青森県の大湊《おおみなと》海軍航空隊に配属され一ヶ月新兵教育を受け各班に配属されたが、何のことはない、食事当番と兵舎内の掃除、下士官旧兵の服の洗濯、各所の番兵と飛行機の後押しである。少しでもサボるとシゴキがある。もっとも一生懸命やってもおきまりのシゴキはある。週1回の外出も月給拾円足らずではうまいものも食べられない。何とかここを脱出しなければ。操縦練習生になること、試験に合格すること、と都度闘魂を燃やした。

休暇中に飛行操縦練習生採用試験

昭和15年1月、海軍に入って初めて2週間の冬期休暇をもらった。当時、海軍では夏冬2回の休暇があり、皆楽しみにしていたものだ。海軍三等航空兵の休暇では肩で風を切る様な気取った態度も出来ないが、とにかく隊外に出られるだけでも嬉しかった。

ところが休暇中に第五十四期飛行操縦練習生の採用試験があることを知り、私は休暇の途中で帰り、大湊《おおみなと》防備隊の試験場に出頭し、受験した。試験科目は数学と国語の二教科。いずれも自信があった。2月下旬合格発表があり、百数十名（各兵科の兵と下士官）の受験者の中で2科目満点で合格したのは私ひとり。大湊《おおみなと》航空隊の新兵が満点だったと隊内で評判になった。私はこれも国鉄時代の勉強が役に立ったと感謝した。

3月下旬、第五十四期操縦練習生採用予定者として茨城県霞《かすみ》ヶ浦《うら》航空隊に転勤になり改めて学科試験、身体検査、適性検査が2週間にわたり行われた。回転イス、地上演習機、口頭試問、空中試験、とても厳しい試験の連続で各鎮守府《ちんじゅふ》から千名程の合格者が集ったが、少しでも規格から外れると不合格になり即日以前の隊に返された。私も今日返されるか明日返されるかと薄氷《はくひょう》を踏む思いだった。結局、150名ほどが合格した。

初等練習機教程

霞ヶ浦航空隊は海軍の操縦員を養成するメッカで、厳しい教育を受けること3ヶ月、陸上機専修と水上機専修に別れて教育を受けることになる。一応各自の希望をとるが、希望通りにいくわけではない、陸上機と水上機は3対1くらいの割で決められる。「水上機はプロペラの後流で土煙のほこりを浴びることもなく、駆け足させられても場所がなく、それになんとなく面白みがある」、そんな練習生同士のデマや思惑等もあり、私は水上機を希望し、幸い希望通り水上機になった。

水上機専修になった私達は、霞ヶ浦湖畔にある茨城県阿見町の鹿島海軍航空隊で教育を受けることになった。毎日の厳しい練習生教育は陸上機も水上機も変わりない。教員の指導は情容赦なく、鉄拳が飛ぶ。幾度無念の涙を呑んだものか。しかし、我一人ではない。全員が制裁を受けるのである。正に、修羅の青春であり、毎日が緊張の連続であるが、日一日と操縦技術が身に付いてくる。今に天下の名パイロットになってやる、と大きい夢を抱いて試練に堪えた。

最初の練習機は九〇式初歩練習機と言ってエンジン馬力は１２０馬力、巡航速力60節《ノット》（約１１２キロ位）である。今考えるとまるでおもちゃの様なもの。それでも宙返りも垂直旋回等、一応のスタント高等飛行が出来た。教員と同乗して一緒に操縦桿を握って憶えるのだが、逆さまになったり真横になったりぐるぐる廻るので恐怖心が起きる。ままよ死ぬ気で、と頑張る。やがて2か月近くなると、飛行時間も30時間近くなり、上手になったものから単独飛行が許される。許可にならない者は練習生を免ぜられる。

初めて一人で操縦席に座ると流石に胸が動悸する。教員に叱られることもないが、なんとなく不安だ。度胸を決めて機は滑走台を離れた。案ずるより産むが易しで基本操作を守り離水、上昇、水平飛行、降下と4旋回して無事着水。ホッとしながらも、自分にも出来ると自信が湧いてきた。初練教程も無事終了し、2週間の夏期休暇が来た。真新しい白の制服で帰省したが、帰省中も隊務が気がかりで心からのんびり出来なかった。短い休暇の思い出もさらりと捨てて帰隊、明日から中間練習機教程に進む。

中間練習機教程

九三式中間練習機は、エンジン300馬力、巡航速力70節《ノット》(133キロ)、見るからに頑丈そうで頼もしい。この機は稍《やや》実用機と同じ位の性能を持ち、高等飛行も何でもできる。受け持ちの教員も替わり油も乗り、訓練も益々高度になり内容も充実、鍛えに鍛えられた。しかし、厳しながらも、張り合いのある毎日でよくぞ男に生まれたり、という実感さえする。

中間練習機での離着水訓練から編隊飛行、更にはスタント高等飛行、射撃、航法、計器飛行と一応の訓練飛行が終わると飛行時間も300時間位になり、最後の仕上げの片道3時間程度の長距離で全く知らない泊地での離着水訓練も終えた。それから2泊3日の各飛行機製作工場の見学旅行である。小学校の修学旅行にも行ったことのない私には驚きと喜びであった。練習生として入隊以来厳しい訓練にも堪え、一応飛行機乗りとしての教程が終わる。12月24日、練習生全員の編隊飛行を披露して目出度く卒業である。

実用機延長教程

更にこれから5か月、実用機による延長教育を受けることになる。今までと違って実戦に使う飛行機だからぐっと実感が湧く。雛《ひな》鳥が若鳥になった感じで、今までのようなしごきもなく、教育も先輩が後輩に技術を指導するというような、和《なご》やかな楽しい教育だった。ちなみに練習生期間は酒、たばこは一切禁止だが、延長教育はすべて自由。稍《やや》人権を認めてくれる教育だった。しかし、内容が厳しいから事故があったり、犠牲者が出たりして緊張の毎日だったが、場所が九州の博多航空隊だったので日曜の外出には博多市内に出て、楽しい思い出を残した。

博多湾沿岸の桜花も散り、昭和16年5月の末日、第五十四期操縦練習生の卒業式があり、晴れて一人前の操縦士として認められることになった。左腕に操縦員記章マークが付く。特技章である。この記章を付けたくてどれだけの苦労をしたか。難関中の難関を突破し、約15ヵ月間鍛えに鍛えられてよくぞ卒業できたものと天にも昇る心境だった。階級は海軍二等航空兵、操縦員、帝国海軍航空界に足を踏み出したことになる。

飛行機には陸上機と水上機がある。水上機にも戦闘機、急降下爆撃機、艦上攻撃機、大型爆撃機、輸送、偵察機、飛行艇といろいろな種類があり、各自の適性と希望によってそれぞれの機種に割り当てられる。戦時中は操縦員不足でいろいろの機種に変更された。

戦闘機の希望者が多かったが、私は静かな操作をする方が得意で荒い操作をするスタントが嫌いであった。遵《したが》って雲の中を飛ぶ計器飛行や夜間飛行の点数が比較的良く、それに暗算が得意という評価で長距離を飛ぶ三座の偵察機専修になった。私は飛行艇が希望だったが、そのへんが又運命の岐路になったと戦後つくづく思った。

練習生を卒業してホヤホヤの操縦員として大湊《おおみなと》海軍航空隊に転勤命令。博多から大湊までの汽車の旅は楽しかった。1年半前に大湊を出て一人前のパイロットとして古巣へ戻ってきた感じ。先輩や顔馴染みもいた、新兵の時は食事の用意から飛行機の後押し、整備をしたが、今度は立場が違う、私が乗り回す。一寸だけ優越感をかみしめる。

艦隊勤務

楽しい隊内生活だったが7月下旬、突然の転勤命令で、第五艦隊軍艦「多摩」乗組を命じられた。私は、瞬間戸惑った、軍艦乗組なんて、もう少し陸上航空で訓練させてもらいたい、でもそんなことが通るわけもない。意を決して横須賀軍港に向かった。

軍艦「多摩」はドックに入っていて、艤装《ぎそう》中（設備の改善や新装置の設置）だった。初めて見る二等巡洋艦多摩は排水量が５５００噸《トン》で飛行機は九四式二号水上偵察機を１機搭載し、射出機（カタパルト）も装備されていた。飛行員も先任の一等航空兵曹の操縦員と二等航空兵の私、他に偵察員電信員の４名、外《ほか》整備員の20名程度の小さい分隊であった。艦内の卓は1卓で食事は整備員が用意してくれ、搭乗員だけに特別糧食がつく。艦内の兵員は皆吊床（ハンモック）に寝るのだが、搭乗員には個室が与えられ広い寝台で寝られる。全く別待遇である。艦内では若い二等兵のパイロットが来たと噂されたとか。本来なら艦内を走り回らねばならない階級なのに、こちらは飛ぶ時以外は全く仕事がない。天候が悪くて飛行業務のない時は、一日中トランプか囲碁でもやって暇つぶし。腹が減ったら主計科調理場へ行ってうまいものを貰って食う位なもの。艦内の他兵科の先輩、同僚から羨ましがられ、そして、チヤホヤされる。これが艦隊生活かと思われるくらい。

カタパルトから射出

しかし、そう毎日遊ばせてばかりはくれません。艦隊訓練が始まり、大平洋上の波の荒い時はカタパルトから発射される。カタパルトというのは飛行機の発射装置で、艦の中後部に5メートル程の高い鉄製の台があり、その上に二本のレールが敷いており、飛行機が載せられ、梯子《はしご》を登って飛行機に乗り込むのだが、操縦席から見ると海がはるか下の方に見えてちょっと恐ろしく感じる。初めて打ち出される時の心境は心臓が動悸して足が震える。「えい!」ままよと死んだつもりで飛んでやれと覚悟を決め、エンジン全開で「射出よし」の合図をすると、急に身体が座席に押し付けられ、呼吸が止まる。15米《メートル》のレールの上を秒速28米《メートル》、時速100粁《キロメートル》の速さで滑る。何秒かしてホッと身体が楽になると、後方でドーンと火薬の爆発音がして、機は海面すれすれに飛んでいる。漸《ようや》く我に返って操縦桿を握り直す。「ああ、これが射出と言うものか」と、少し大人になったような気がした。ちなみに射出１回につき５円の危険手当がつく、私達はドン五と呼んでいた。２回３回と射出を体験するとむしろ洋上から離水操作をするより、うんと楽なので何回でもどうぞという気になった。

カタパルトから射出され、予定の訓練が終って艦に戻ってくると、波が高くてとてもじゃないが着水出来ない。無理に着水しようものなら、忽《たちま》ち転覆して飛行機を壊すばかりか、間違えば御陀仏だ。死ななくとも嫌というほど海水を呑まされてジトジトになって、艦上に引き上げてもらう。そうさせない様に艦は洋上で３６０度ぐるりと一回転漕《こ》がせて風上に舳先《へさき》を向けて停止してくれる。そうすることで、あの大きい高い波も一瞬穏《おだ》やかな波になる。飛行機は低空で旋回し乍《なが》ら、その時を待ち、艦が一回りして凪《なぎ》になった瞬間、間髪をいれず「今だ！」とスロットルをいっぱい絞って着水する、そのタイミングをつかむのが難しい。言うは易《やす》いが艦は動く、飛んでいる飛行機は中々思うようにはいかない。高度を下げ着水しようとしたがタイミングが合わず着水をやり直すため急上昇し、再度着水の操作をすると、艦から「速やかに着水せよ」の信号を送ってきた、気が気でない、小便も催してくるし、「えい、どうにでもなれ」と生つばを呑み込んでスロットルを絞り着水操作に入る、後席の偵察員は声一つなく座席にしがみついている。海面の大波が近付く、ジャンプを繰り返しやがて行足が停まる。飛行機は波に揺られて浮いている。やれやれとほっとする。そして飛行機を艦に接近させ、デリックで艦上へ吊上げてもらうのだがこれが又、難しい、操縦員の腕の見せ所。潮の流れと風向きに邪魔されて機は思う様に進まない、こんな時に水中舵があればなぁと思った。新型機からは水中舵がついた。

艦の乗組員は飛行機が帰還する頃になると、着水前から退屈しのぎに甲板に上がって来て手を振ったり肩を叩きあったり面白半分にしている。こちらは真剣そのものだが、見る方は何か変わったことがある方が面白い。上手だとか下手クソ野郎だとかヤジっているに違いない。

搭乗員は甲板上に収容され飛行作業報告をすると本日の訓練終了。あとは寝ようと、遊ぼうと自由。訓練は命懸けだが終われば楽しい。今日も一日分技量が上達したような気がする。上達には際限がない。何回も失敗して叱られたり冷やかされたりしてやがて一人前の艦隊パイロットになる。

日本列島を一巡しながら訓練をしていく。射撃訓練は長い綱に吹流しを付け、３千、４千米《メートル》と高度を変え、艦からは主砲や高角砲、機銃の実弾射撃をする。弾が炸裂《さくれつ》するところを写真に撮り弾着の成績を測定する。その後に他艦の飛行機が飛んできて射撃訓練。潜航している潜水艦の捜索訓練。日々技倆が上達するのが見えるようだ。

真珠湾作戦

ある日、艦は突然横須賀軍港に帰港し、艦内の艤装をしたり弾薬や食糧、他の物品が艦内狭しと積み込まれ、いつもと一寸《ちょっと》違っていた。その頃、日米間の交渉が行き詰まって風雲穏やかでなかった。艦内では戦争でもやるのではないかという噂も飛んだ。一週間ほどの休養外出があって、急遽《きゅうきょ》出港用意の指示喇叭《らっぱ》が艦内に響き渡った。あらかじめ予定されていたので「それ来た」と皆は配置についた。艦は粛粛《しゅくしゅく》と東京湾を出ていく。

艦は北に進路を取り、一夜を過ぎる毎に寒くなる。「こりゃ北海道を過ぎているな」、勿論陸地など見えない。何日か航海して、朝起床して外を見ると、遥か彼方に「何となく見覚えのある島だ」白雪に覆われているが、千島列島の松輪島だと気づいた。私は何回かこの島の上を飛んで写真を撮っている。艦は少しずつ湾内に近づくと再びあっと驚いた。日本海軍の軍艦がいるわいるわ、目を凝らしてよく見ると、戦艦、航空母艦、巡洋艦、駆逐艦、他数え切れないほど停泊しているではないか。更にあとから後からと入港してくる。「これは只ごとではない」と思った。艦は尚もしずしずと艦隊に近づき錨《いかり》を下ろした。艦内は噂とデマが飛びかう。

やがて艦内に総員集合のスピーカーが鳴り響き、全員が上甲板に整列。艦長が一段高い台に上り、一段高い声を張り上げて「みんな良く聞け」、「これから米国ハワイ島を攻撃する」、攻撃日はX日、攻撃隊は機動部隊の艦載機、我が五艦隊は攻撃隊の後方支援で2百浬《カイリ》後方を続行する、飛行機はいつでも射出できるように、各砲各部署は臨戦準備せよ、との命令。

私は実のところ足がガタガタ震えた。寒さのせいか、或は武者震いなのか分らない。「なに、これからアメリカと戦争するってかい、しまった！　これなら飛行機乗りになるんでなかった」と幾分後悔もした。しかし、こうなったら仕方無い。いよいよ年貢の納め時が来たか、我が人生21才で終わりか、よし潔く散ろうと決心した。それからは気が楽になった。何せ艦内は酒もビールも豊富にあるし、艦が沈んだらそれまで。沈まなくとも兵品で頗《すこぶ》る安い、呑めるだけ呑んであとは命あずけます、で寝ていた。

11月26日、艦隊はハワイに向けて出撃、航海を続けた。X日の3日前、艦内酒類一切禁止、艦内戦闘配置。だけど飛行科は飛ばなければ仕事がない。X日の前日、太平洋波高し、艦内は超緊張。電信室から「ニイタカヤマノボレ」(攻撃せよ)、の電報を待つ。

X日、スピーカーに電信室からトトトの電報が流れ攻撃開始。何時間か後に「トラトラトラ」(我れ攻撃成功) の受信の知らせに艦内はどっと湧いた。

外洋は波高く、暗雲が低くたれこめていた。奇襲成功、艦隊はただちに反転故国へ帰投する。内心ホッとする。

五艦隊は何もすることなく北へ南へと進路を変更しながら、20日程航海を続けて12月末、懐かしい母港へ。しかし2か月近くも北海の荒波と太平洋のうねりに翻弄《ほんろう》されて、艦体に大きい亀裂が入り、艦はドッグ入り、修理することになった。

乗組員は喜んだ。折よく正月、市内は何のことはない、戦勝気分で浮かれている。市内を歩いていると私の左腕のマークを見て、「兵隊さん、ご苦労様」とか「真珠湾はどうでしたか」といろいろ質問される。私は寝てばかりいたとも言えず、後でわかるよ等と生返事をしていた。航海続きで給料もたんまりあったので、少なからず命の洗濯はできた。17年1月末頃、艦の修理も完了してドッグを出て第二の任務につくことになる。

ＡＬ（アリューシャン）作戦、アッツ島、キスカ島占領

戦後知った事だが、その頃、軍首脳部は次の作戦を計画していた。それはミッドウェー島攻略作戦だった。作戦は、機動部隊の主力はミッドウェーへ向かい、その途中で私達の第五艦隊と機動部隊の一部（軽空母2隻と艦艇多数）は艦隊主力と分かれ、針路を変えてアリューシャン列島を攻略。ダッチハーバー爆撃命令と私たちの軍艦「多摩」、「木曽」はキスカ島、アッツ島の上陸命令であった。

いよいよ私たちの出番だ。キスカ島百哩《マイル》付近で60キロ爆弾2弾を抱いてカタパルトから射出され、島の偵察に向かった。初めて飛ぶ外国の空、機長の指示通りにキスカ島に恐る恐る近づき、時々機銃を掃射し威嚇《いかく》しながら徐々に高度を下げる。意外なことに抵抗がない。良く見ると兵舎らしき物2棟。低空で砲台や兵舎の有無、湾内の危険箇所などを艦に無線連絡した。6月8日、艦隊の一部がしずしずとキスカ湾に入港して投錨した。我が機も艦（多摩）の近くに着水し収揚してもらった。

翌日も上陸部隊支援に飛び、海軍陸戦隊が無血上陸した。ここまでは良かったが、翌朝、早々から敵大型爆撃機、四発（発動機４基）のコンソリデーテッド機が大挙して反撃してきた。梯団《ていだん》を組んで攻撃して来る。目の前で爆弾が炸裂する。敵も必死、こちらも尚必死。何段目かの梯団が突如山陰から湾内に停泊中の我が軍艦めがけて低空でやってきた。艦内は「来た来た」と応戦。私もカタパルト上の飛行機の後席の旋回銃で撃ちまくった。編隊の一番機がぐんぐん艦に迫ってくる「これは駄目だ」と思った瞬間、一発、艦の主砲が火を吹いた。その轟音にびっくりして前方を見るとあの編隊が真っ黒くなって見えない。主砲が敵編隊の一番機に見事命中。機はバラバラになって墜落。列機は慌てふためいて遁走《とんそう》した。こちらはホッとした感じ。あのまま爆撃されたら艦はどうなっていたか、冷汗三斗。

キスカ航空隊

敵の攻撃が激しいので艦隊は上陸中の陸軍部隊や輸送船を残して千島列島幌筵島へ退避した後、横須賀軍港に帰投し、編成替えとなり艦から飛行機を下ろし、飛行科員は全員下船し夫々《それぞれ》転勤になった。私を含めて搭乗員の一部はキスカ島に航空隊が新設され、その要員になった。「又あそこか」と少なからずがっかりしたが、致し方ない。多摩を下船する時、乗組員は皆帽子を振って見送ってくれた。その巡洋艦多摩は3年後の昭和20年撃沈された。皮肉なものだ。

横須賀で新しい航空隊が編成された。水上機母艦「君川丸」に、水戦（水上戦闘機）と水偵（水上偵察機）の混合航空隊で総数10数機、搭乗員40名程、整備科その他の兵科で合計250名程であった。我々操縦員は新式の低翼単葉の零式水偵（三座）と零戦に浮舟《フロート》を付けた二式水戦の操縦訓練を受けた。零式水偵は金属製でエンジン馬力も強く、見るからにスマートでオートパイロットまで装備されて、まるで高級車並みのクッションで乗り心地も良い、これで死ぬかと心を新たにした。

当時軍港の盛り場では田淵義男の「別れ舟」の唄が流行していた。

♪　名残りつきない果てしない

　　別れ出船の鐘が鳴る…

淡く切なく流れている。これが今世の別れか、と遠ざかる東京湾から見える故国の山々を眺めて涙ぐんだ。

水上機母艦「君川丸」は、千島列島伝いに北上し、4、5日の航海でキスカの2百浬《マイル》付近で搭乗員整列あり。射出されて母艦上空で編隊を整えて一路キスカ島へ。初めて島を見る搭乗員が多いが、私はつい2、3か月前に来ている島だから然程《さほど》の感激もない。キスカ湾内に着水。接岸して見るとバラックながらすでに兵舎も数棟、隊の人たちで設営されていた。木製ながら簡易な滑り台（桟橋）も出来上がっていた。滑り台は水上機を陸から海へ上げ下ろしする装置。まあまあの設備がされていた。水戦が5機、水偵が10機くらいあったのか搭乗員約40〜50名に宿舎1棟が割り当てられていた。

我われ水偵隊は翌日からアリューシャン列島の哨戒《しょうかい》、基地偵察、潜水艦捜索と悪天候を押して飛んだ。哨戒中に敵機と遭遇して交戦避退することも度々。島々にはトドが群がっていて偵察員が腹いせに機銃を掃射して溜飲を晴らしたこともあった。風防を開けて偵察写真を撮影していた偵察員の顔が凍傷になったこともあった。

敵は毎日戦爆連合で反撃してくる。基地に残った水戦隊は応戦に忙しい。敵の大型機に体当りして防戦した者もいて、悲壮なものだった。従って彼我どちらにも被害が出て、飛行機も搭乗員も日を追う事に減ってゆく。水上機用桟橋が爆撃や暴風で破壊されたり、また暴風と荒波で飛行機が壊れることもあった。

飛べる飛行機がなくなり、残存操縦員は潜水艦で内地に戻り、新しい飛行機を受領して帰隊するように、との命令を受けた。私達はいつでも死ぬ気でいたものが、再び内地に帰れると思うと戦死者には誠に申し訳ないが天にも昇る嬉しさ、二度と見ることのない内地と思っていたのに、嬉しくないと言ったら嘘になるというのが正直な気持。

キスカ島から北千島の幌筵島《ほろむしろ》まで北の海を潜って1週間。初めて乗る潜水艦、昼間は海中に潜って夜間だけ浮上して航行する。お客様扱いだけど、狭くて、毎食缶詰めのご馳走でうんざり。幌筵島からは軍艦で一路横須賀軍港へ。

しばらくぶりで見る内地、早速外出、夜の街へと繰り出す。翌日、軍需部から8機の水偵を受領するのだが、なるべく丁寧《ていねい》に試験飛行をやり、時間をかけて一日でも長く内地にいられるよう出発を延ばそうと、そして短い夜を楽しんだ。しかし、1週間ほど過ぎると、急ぎ帰隊せよとの命令。水上機母艦君川丸が迎えにきた。翌日飛行機を君川丸に収揚してもらい、再び北の島キスカ島へ。財布も空になったところだからちょうどよかったと毎日北の海を眺めていた。

５、６日してキスカ島の手前にあるアッツ島から百哩《マイル》の地点で射出された。全機無事アッツ湾に着水して飛行機を砂浜に乗り揚げ休憩した。ここからキスカ島まで２００哩《マイル》一寸《ちょっと》、１時間30分位飛べばよいと気楽な気分で砂浜に寝そべっていると、急に空襲警報のサイレンが鳴った。「それっ！」、と飛行機を海におろそうとしたが、合憎《あいに》くの引潮でどうにもこうにも動かない。あれよあれよと叫んでいるうち、グラマンが射撃体勢に入って突っ込んできて、忽ち《たちまち》１機の水偵が火を吹いた。続いて２機、３機、５機と突っ込んできた。水偵には60キロ爆弾２箇ずつ吊っている。爆弾を外す暇もない。そのうち火災の熱で爆弾が自爆して、全機燃えるだけ燃えて火災鎮火。あとには何も残っていない。中には私物を焼いて口惜しがっている者もいるが、私達は唯呆然とするばかりだった。一体何のために１か月近くもかかって８機の水偵を運んできたのか、悔し涙がとめどなく出た。

このあとどうなることかと心配だったが、とりあえずアッツ島の陸軍部隊に迎えの便が来るまでお世話になることになった。唯でさえ狭い幕舎に10人位ずつ海軍の兵隊が割り当てられて生活するのだが、長くなって寝る所もない。陸軍の飯含《はんごう》めしを分けてもらって何とか食いつないだが、腹が減ってしょうがない。私達は居候《いそうろう》みたいなもので仕事もないので、毎日海岸へ行って手製の釣竿で魚を釣って焼いて食って満足した。アッツ島の海には魚がいるわいるわ。面白い位釣れる。1米《メートル》もある鱈《たら》やかじかやその他、海底を覗いてみると、カレイがいっぱい腹ばいになっている。毎日飯の代わりに魚を食って岩陰でトランプなどをして暇つぶしをした。10日くらいしたらキスカ島から迎えの艦が来てくれて帰ることになった。お世話になった陸軍の兵隊さんに挨拶をして迎えの艦に乗った。

アッツ島　米軍の来攻直前、浜辺で最後の連絡機を見送っているところ　右から２人目が山崎保代守備隊長　左から２人目が鶴岡運平特務中尉

アッツ島の陸軍の兵隊さんは数ヶ月後に全員玉砕した。誠に痛恨の極みである。そういえば十勝の人が多かったのを思い出した。アッツ島守備隊隊長、山崎保代大佐を水偵に乗せて地形偵察を行なった。また、米軍が攻めて来る直前にアッツ島から飛行機の要請があり、「お前はだめだ！」

と私と交代してくれた鶴岡運平特務中尉（茨城県出身）が行って、戦死された。

私達が無事キスカ島に帰るとすでに内地から新たに編成された搭乗員が新しい飛行機で任務についていた。先輩が後輩になった感じ、１か月以上も隊を離れていたもの。ともあれ帰隊して一同整列、指揮官が司令中佐に帰隊報告をすると一喝、「お前達は一体１か月以上も何をして来たんだ！」と大目玉を喰った。私達は下を向いて神妙な顔をしながらそんなこと言われても、戦争だからこんなこともあるわいと思った。翌日から心を新たに哨戒《しょうかい》偵察の任務についた。

私は出張中に下士官に任官していて海軍二等飛行兵曹になっていた。早速主計科に行って５つ釦《ぼたん》の下士官の軍服を貰い、一等飛行兵の水兵服と着替えた。私の呼び名は高橋飛行兵曹である。ここ、戦地では毎日激しい空襲と反撃で忙しい日々が続いた。勿論《もちろん》毎日犠牲者も出て、我もいつの日かと半《なか》ばあきらめた日々であった。

ある日、健康診断で疲労と栄養不足で脚気《かっけ》になっており「内地の病院で治療の要あり」との軍医のありがたい診断があり、私もなんとなくその気になってしまった。４、５日して輸送船が入港し、病人や負傷兵を乗船させて内地に帰るとのこと。私もその船に乗せられて病院に入院させられることになった。但し、輸送船は無事に内地に入港できるか否かは保証の限りではない。何時敵潜水艦の攻撃を受けるかわからない。アレッと思ったが、決まったものは仕方がない、儘《まま》よとベッドに横になった。眼が覚めたらもうキスカ島は見えなかった。運を天に任せて食って寝を重ねているうち、1週間ほどで横須賀軍港に入港した。

内地で操縦教員

海軍病院に1週間入院したら、温泉付きの伊豆下田市の大湊《おおみなと》海軍病院に転院療養で温泉に浸《つか》りのんびり過ごした。楽しい毎日だが、前線では戦友達が死にもの狂いで戦っているだろうと思うと心が痛んだ。併《しか》し、また前線に出されるだろうし、俺も大分やったのだから少し骨休みさせてもらってもいいやと開き直り、戦地帰りの傷病兵だと大きい顔して楽しく過ごした。2ヶ月も過ぎ温泉療法も飽きた頃、軍医に退院しても良いと診断され海兵団に籍を移し、次の転勤先を待った。この時、海軍葬が行なわれて同郷出身の海軍軍人の遺骨を実家まで護送する命令を受け、その帰り私の実家に寄り老母に顔を見せた。車窓を眺めているとキスカの事を回想し、本来なら私の方が先に戦死して遺骨を届けて貰う側だ、皮肉なものよ、と戦死者に合掌した。

帰隊して間もなく、「茨城県北浦航空隊の操縦教員を命ず」の辞令が出た。いやぁ俺が教員をやるのか、命令とあらば、よし、当たって砕けよ、海兵団を後にした。

入隊した翌日、慰安休暇5日間が出て改めて実家へ帰り、老母を慰めた。短い休暇も終わり帰隊、早速勤務に就く。何分にもかつて自分が練習した飛行機で今度は生徒に指導するのである。戦地で鍛《きた》えてきた技倆《ぎりょう》だ、何も恐れることはない。当分は死ぬこともあるまい。

新任だけど高橋教員と練習生からは神様扱いで当時を思い出し感慨無量に。教員一人で練習生５人を受け持ち、離着水の訓練から高等飛行までできるように指導する。練習生一人の飛行所要時間が45分位だから一日４時間位は飛ぶ。終われば昼飯を食べ、教員は自由時間。入浴してベッドで寝ていても良い、技療士アンマが来て身体をアンマしてくれる。ゆっくり昼寝が出来、極楽勤務だ。

練習生は朝から走りまわっているので午後の座学で講義を受けるが、座ればつい居眠りが出る。当直の教員は教室を見回り、居眠りをしている練習生の頭を長い棒を持って行ってゴツンとやる。練習生は飛び上がる、痛いのなんので大きいこぶができる。俺も練習生の時はよくやられたなあ、と心の中でおかしくなる。練習生は左腕に青の腕章を巻き胸に大きな名札を付け常に忙しく走り回る、なんせ歩くのは就寝後だけと決められている。教員は左腕に赤色の太い腕章を巻き、常にずうずうしく振舞う。教員手当も付く、給料は階級によって差があるが航空加俸危険手当は皆同額。

昭和18年も終わり頃になると、いわゆる学徒出陣の大学出身の予備学生の飛行志願者が入ってきて、彼等に練習生同様に操縦技術を指導するのだが、彼等は教員より階級が上。こちらは階級が下でも教員だ。お前らに技術を指導する立場だ、と、どちらにもプライドがあってよくトラブルがあった。

編隊飛行訓練のある日、私は一番機に乗って先導していると下手糞な練習生に後ろからぶつけられて危うく墜落するところだった。かろうじて機を操作して着陸、帰隊して機を点検してみると、よくぞこれで飛んでこれたものと胸を撫で下ろした。追突した二番機もプロペラが半分位折れていてよくこれで飛んで帰れたものと感心したが、私は腹が立ってしょうがないので二番機を操縦していた練習生を思い切りぶん殴ってやった。

戦局が逼迫《ひっぱく》してきたのか時間をかけて練習させることができず、技倆未熟のまま卒業させる。よちよち歩きのひよこだから戦果も上がらないだろうし犠牲者が多く出た。教員の戦地転勤も多くなってきた。私は一等飛行兵曹に進級していて教員生活も古参の方になっていて「そろそろ戦地かなぁ」と思った。ガタルカナル島の撤退、前線では山本長官が戦死、アッツ島玉砕、ソロモン海戦等も我が方は決して有利ではなかった。不安の中で昭和19年の余りさえない正月を迎えた。教員室では早く戦争が終結しないかなあとささやかれる時もあった。

パラオ航空隊へ

昭和19年４月、桜の花が咲き始めた頃、私にも転勤命令が出た。行先は南洋群島のパラオ島の航空隊と知らされた。私は暑い所は苦手だから北の方に転勤させてくれとごねたが、そんなことが通るわけがない。愈々《いよいよ》年貢の納め時とまたまた観念した。

ところで、その頃、私には結婚話があってこんな時期に嫁に来てくれる人がいるなんて、と写真だけの見合いだったが喜んで迎えた。茨城県の下宿で略式の式を挙げ新婚ほやほやの新妻を連れて次の赴任地、九州の佐世保海軍航空隊まで汽車の旅をした。これが新婚旅行ではあったが、心は重かった。佐世保で新しい航空隊を編成するのだが、まだ飛行機が整備されていない。私は博多の飛行機製作所で飛行機を受領し、佐世保との間を汽車と飛行機で往復して12機の飛行機を整備した。

5月下旬、隊長以下36名の新隊員が12機の編隊を組んでパラオ目指して佐世保航空隊を飛び立った。「ああ、これが日本列島の見納めか」、後ろ髪を引かれるとはこのことか、皆も同じ思いだろう、これではいかん、ようし、やるぞと心の褌《ふんどし》を締め直した。

まもなく琉球列島の島々が次々と現われ、島々を高度3千で通り過ぎ、やがて台湾の北端が見えてきた。定刻通り台湾中部の湖東港航空隊に各機無事着水、一日の行程を終え整備員に機を託す。台湾の夜は寝苦しい。然《しか》し、床は青竹を割って敷き詰めて涼しくなるように工夫されていて、そのおかげで何時しか白河夜船《しらかわよふね》（＝熟睡）。

今日はバシー海峡を超えてフィリピン諸島キャビテン港まで行く。制空権がこちらにあるとは言え愈々《いよいよ》敵地だ。いつ敵機に遭遇するか分らないので編隊を密にして見張りを厳重にしながら飛行する。流石に敵地、外国だと感じた。そして無事マニラ湾に着水。

翌朝、フィリピンのマニラからパラオ島まで約4時間くらいの飛行。丹念に地図と針路、気象などを調べ、最後の試運転を念入りに行ない飛び立った。南洋特有の入道雲が立ちはだかっている、その雲の間をかいくぐる様にして飛行、遥か水平線のあたりに何やら白いものが見えてきた。「パラオ島だ」、白く見えたのは珊瑚礁環礁《さんごしょうかんしょう》なのだそうだ。機は島を一巡して一番機より順番に全機着水した。私は遂にパラオの人になったかと観念した。残存の旧隊員と合流してパラオ航空隊が勢ぞろいした。搭乗員が40名、整備科その他の要員で２００名ほどの比較的小さい航空隊でホッとした。

赤道直下まではいかないが、緯度7度の南国。南洋の風土は珍しくもあったが、なんせ暑い。寒さに慣れている東北育ちの私には頗る《すこぶ》苦痛だったが、大空へ飛び上がれば快適。敵機の来襲さえなければいつまでも飛んでいたいが、見張りを厳重に緊張の連続だった。航空隊の設備も内地の隊と変わりなく兵舎も高床造りで廻り廊下になっており、先任次席2人は一部屋、他は大部屋と畳敷きもあり、大変快適な生活であった。転勤当時は物資も豊かで毎晩酒も飲めたし、航空糧食もあった。多少酔うとコロール島へ外出。これは違反で厳重禁止されていたが、なんせ明日死ぬかわからない命、どうにでもせよと言う意気込み。幹部も見て見ぬふり。街は燈火管制で暗いが、飲み屋の入口だけは少々明るく店に入れば酒も飲める、「これじゃ内地にいるより余程面白いや、もっと早く転勤になるんだったな」と冗談もでる。

パラオ島は日本の委任統治国で日本政府が南洋庁を置いて行政している所だから、気候が違うだけで内地とほとんど変わらず、南洋方面の艦隊乗組員のオアシスでもある。私達は天候が良ければ毎日哨戒偵察に飛ばされたが、天候が急変するので行方不明がでたり、敵機に遭遇して犠牲者が出たり、搭乗員は減少していった。南の島は玉砕が増えてきて我方は劣勢だ、私達はやがて来るわが身のことを考えると暗い気持ちになった。私は海軍上等飛行兵曹に進級していた。

パラオ島は敵の戦爆連合に散々叩かれて目も当てられない状態になった。負け戦とはこんなものかと悲惨な思いだった。

ペリリュー島に米軍上陸

9月、米軍は南東の諸島を制圧し、パラオ諸島の最南端、アンガウル島とペリリュー島に上陸を敢行してきて、その間2か月余り、島の日本軍陸海軍部隊は決死の防戦につとめていた。しかし、衆寡《しゅうか》敵《てき》せず、遂にアンガウル島は10月、ペリリュー島は11月24に全員玉砕することになる。

その間、我が航空隊も残存機5機ほどで毎夜夜間爆撃に出掛けた。なんせ昼間は敵戦闘機が上空警戒して近寄れない。夜間爆撃に行くと攻撃地点は照明弾が打ち上げられ、昼のように明るく照りだされ、高射砲が間断なく打ち上げられる。ただ死ぬ気で爆弾を投下して全速で避退した。反撃が激しく思うような戦果は期待できなかった。

水上機に乗り込む時に搭乗員が濡れないように整備員がおんぶしてくれる。ある日、基地に戻ると迎えにきた整備兵がニヤニヤしていたので「嬉しそうじゃないか、どうした」と理由を聞いても中々言わなかったが白状した。「帰ってくるかどうか賭けをしてたんですよ」、「お前はどちらに賭けたのよ」、「帰って来る方です」、「ふーん、そうか」。ほとんどが帰ってこない方に賭けて大勝ちしたらしい。

整備員の肩をかりて愛機へ（写真左）
偵察を終えて帰った水上機は、手旗を目標に着水（写真右）

グラマンの待ち伏せ

ある夜、夜間爆撃を終えて帰投しようとした時、敵の夜間戦闘機グラマン6機に包囲された。「しまった！」挟み撃ちだ。高度は2千米《メートル》位だと思う、敵は撃って来た。撃たれて死ぬぐらいなら海へ突っ込んで死んでやれとエンジンを全速にして機を横に滑《すべ》らせながら急降下（角度が深すぎると空中分解するので緩《かん》降下）、敵弾が翼を掠《かす》めた。運よく下方に雲があったので、その雲の中に突っ込んだ。そのまま海中へと尚も突っ込む、と雲が切れて急に回りが明るくなり、高度計を見ると約４００米。「敵機いっか！」、「いね！」と後席から返答、静かにスロットルを絞って静かに操縦桿を引いて高度１００米で水平飛行に戻し、大きく深呼吸をして、後方を振り返ると敵機は見えなかった。死は覚悟しているとはいえ、動揺がなかったとは言えない。雲が無かったら撃墜されていたかも。運がよかった。

その後も事故や戦死が続き、我方の飛行機は僅か2機となり、それでも毎夜細々と反撃を繰り返していた。すでに爆撃で航空隊の施設は跡形も無く破壊され、水道の洞窟に飛行機を隠し、夜になると洞窟から引っ張り出して爆撃に飛んだ。

ある夜暗くなるのを待ってペリリュー島の夜間爆撃を行っての帰路、敵機に後をつけられ洞窟の位置を知られることになった。また、その日に限って偽装せず洞窟にも隠さなかった。翌朝、洞窟の入口に係留していた虎の子の２機の偵察機を敵戦闘機に発見され、直ちに銃撃を受け、あっと言う間もなく火災を起こし流没した。幸い人命に支障がなかったが、私達は翼なき操縦員になり実に憐《あわ》れな存在になった。泣くにも泣けない。

内地では搭乗員が不足しているので夜間に飛行艇で迎えに行くからいつでも出発できるよう準備をしておくようにとの命令があり、私達も陸上で戦死するよりもう一度内地へ帰り特攻にでも出て飛行機で死のうと都合の良いことを想像して迎えの飛行機を毎日待ったが遂に飛行機は来なかった、というより島に近づけなかったのである。

もう日本に帰れる望みがなくなった。私達は飛行服を脱ぎ捨て、褌《ふんどし》一つで陣地構築に汗を流した。

昭和20年

明けて昭和20年、戦局は益々悪化、搭乗員も整備員も皆陸戦隊や農耕隊勤務となり、緊張しながらものんびり過ごす日が多かった。しかし、毎日隣の島ペリリュー島から戦爆連合の空襲が何回もある。戦爆連合とは戦闘機の護衛がついた爆撃機編隊のこと。空襲警報が鳴ると我々は取る物も取りあえず、防空壕へ飛び込んで息を殺して投弾の終わるのを待つ。気持のいいものではない。地響きを立てて爆弾が炸裂する。「近い」と誰かが叫ぶと皆一瞬息を止める。生きた心地がしない。敵機が去ると、やれやれという顔で壕から出てくる。こんな生活がいつまで続くのだろう。飛ぶ飛行機もなく故国に帰りたくても迎えの飛行機も来ない、愈愈《いよいよ》この島の土になるかと思う毎日だ。上空には敵機が我が物顔に乱舞している。

島には食糧が少なくなっており、勿論《もちろん》補給はない。パラオ島には1万5千名の陸海軍守備兵がいたそうだが、その6割は戦死して、餓死者の屍《しかばね》も横たわっていた。全く悲惨な状態だった。航空隊には幸い隊員が何とか食いつないでいくだけの食料が残っていてゴム袋に入った米や副食物を奥深い防空壕に隠し入口を塞《ふさ》ぐ措置をとった。そのせいもあってか隊からは一人の餓死者も出なかった。隊長の手腕といえると思う。

8月14日頃になると、日本はポツダム宣言を受諾したらしいとの噂が飛ぶ。明けて15日、「陛下のラジオ放送があるので全員聞くように」との命令が出た。雑音が激しく何が何やら解らないが、どうやら無条件降伏したらしい。そうか、とうとう負けたか、そうか…。

以後は捕虜生活になったが、米国から食糧を支給されなかったので自給自足の自由な生活だった。12月末に、米国の上陸用舟艇リバティー船で横須賀港浦賀に上陸、復員した。二度と見ることがないと思った故国、荒れ果てた祖国を見て涙がとめどなく流れ出た。

数多くの戦友が戦死した。下記の戦後復員局の調査を見ると、同期生１０３名のうち生存は11名、艦上爆撃機専修と飛行艇専修は全員戦死、実に90％が戦死していた。

第54期操縦練習生の復員数

機　種	専修	戦死	復員
戦闘機	18	16	2
艦上爆撃機	12	12	0
艦上攻撃機	27	26	1
陸上大型攻撃機	23	20	3
二座偵察機	10	8	2
三座偵察機	6	3	3
飛行艇	7	7	0
計	103名	92名	11名

（表は戦後復員局の調査）同期生の生存者は11名、凡そ90％が戦死した。如何に消耗が激しかったかが伺われる。私は飛行艇を希望したが偵察機専修に回された。

シベリア抑留体験を語る

零式水上偵察機

旅順《りょじゅん》、羅津《らしん》、元山《げんざん》、興南《こうなん》、
終戦、そして、シベリアへ

神馬《じんば》　文男（大正15年生）
海軍航空隊・零式水上偵察機　搭乗員

第７回戦争体験を正しく伝える会　平成22年11月

私、少年の時、皆さんご存知の予科練に志願しました。戦争が始まる前から軍隊に行って、海軍の偵察機の搭乗員になったんですね。そして、終戦の一週間前に、羅津《らしん》と言うところに転勤になったんです。羅津は日本海に面して朝鮮半島の一番北側でウラジオストックの近くなんです。その前はどこにいたかというと、舞鶴《まいづる》海軍航空隊が本隊で前進基地としてフィリピンのダバオとか関東州の旅順《りょじゅん》にいたんです。それから鎮海海軍航空隊。どうして満州との国境近くの日本人でも気付かないような奥地の奥地の羅津にやられたのか不思議に思っていたのですが、羅津《らしん》港から日本本土へ物資を運ぶ輸送船の護衛のために配属されたんですね。でも終戦になり武装解除したら、ソ連、シベリアの収容所に連れていかれたんですね。まず、シベリアがどんな所かちょっとお話しします。

「シベリア」というところ

ロシアで１９１７年（大正６）に革命が起こりました。そしてマルクスレーニン主義によるソ連国（ソビエト社会主義共和国連邦）が誕生したのです。15の共和国から出来ていて１９９１年（平成３）にゴルバチョフが出てきた時に潰れてしまった国ですけどもね。日本の面積の40倍もあり、非常に広いですが、人口は日本よりちょっと多いだけです。気候は氷雪気候で、一年中凍っている所もあるのはご存じだと思います。温暖化の影響で最近マンモスとか掘り出されていますよね、冷凍されているので腐らないで出て来る訳です。それからちょっと南に行きますと、ツンドラで、夏ちょっと凍りが融けてコケが生える土地柄です。そしてタイガ地帯の針葉樹林と続くのです。

ここにレナ河、エニセイ河という長い河があり、オビ河の上流あたりに札幌市と姉妹提携しているノボシビルスクという町があるんです。

日本は長いですね、北海道から東京まで直線で1000キロメートル、東京から九州まで1000キロ、九州から沖縄まで1000キロ、北海道から沖縄まで3000キロメートルあります。そして、レナ川、エニセイ川、オビ川の長さは4000キロメートル以上あります。シベリアでは北海道から沖縄までより長い川が流れている訳ですよ。川は南から北に流れていて、北の方からどんどん凍ってくるために北の夏なんかは水浸しになるくらい酷《ひど》い所で、人が住むような所じゃありません。

それから河川は網の目のようになっていますし、湖沼《こしょう》もあちこちにありますし、交通の便は悪いです。ウラル山脈と言う山脈があります。ウラル山脈より東をシベリアと呼

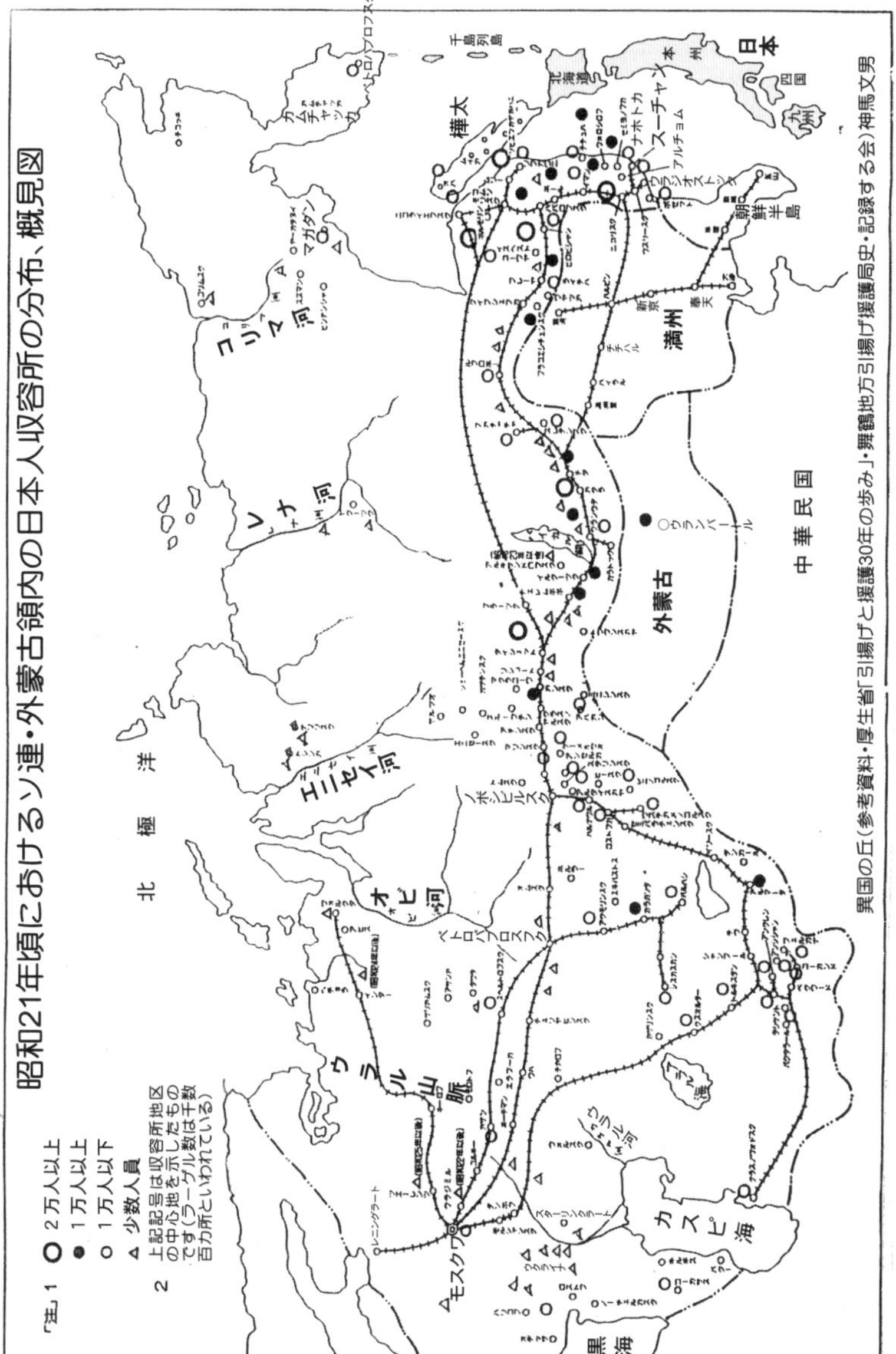
昭和21年頃におけるソ連・外蒙古領内の日本人収容所の分布、概見図
「注」1 ○ 2万人以上
● 1万人以上
○ 1万人以下
△ 少数人員
2 上記記号は収容所地区の中心地を示したものです（ラーゲリ数は千数百カ所といわれている）
北極洋
コリマ河
レナ河
エニセイ河
オビ河
ウラル山脈
ウラル河
モスクワ
ノボシビルスク
ペトロパブロフスク
マガダン
カムチャツカ
ペトロパブロフスク
千島列島
樺太
北海道
本州
四国
九州
日本
ナホトカ
スーチャン
アルチョム
朝鮮半島
満州
新京
奉天
外蒙古
ウランバートル
中華民国
アラル海
カスピ海
黒海
スターリングラード
レニングラード
異国の丘（参考資料・厚生省「引揚げと援護30年の歩み」・舞鶴地方引揚援護局史・記録する会）神馬文男

んでいる訳です。悪い事した人はモスクワとかサンクトペテルブルグの方からシベリアに流されると言いますよね。『収容所分布図』(前頁)にあるように収容所はあちこちにありますがそこから逃げ出しても、まー、帰れないです。到底逃げられません、すぐに冬がやってきます。そういう酷い所です。

そういうところに60万人以上の日本人が連れていかれた訳です。しかも、戦争が終ってからです。国際条約に反してです。

ちょっとためになる話、世界で一番寒い町と日本の面積

「ベルホヤンスク」という所があるんです(ヤナ川中流、永久凍土層、収容所がある)。東経135度をずーっと北に行きますと、そこは世界で一番寒い所です。マイナス40度、50度になる所です。東経135度って聞いた事ありませんか。日本の標準時、時計があるでしょ、太陽が上に来た時に12時なんです。15度ずれる度に1時間ずつ刻んで、ちょうど一回りで24時間です。地球の回り、赤道は4万キロメートルですね。

ためになる話をしてくれといわれたことがありますので。日本の面積はですね、四国、2万平方キロ、九州、4万平方キロ、2倍ですね。北海道、8万平方キロ、2倍で

すね。全部で38万平方キロですね、そういうふうになってますから覚えられたらいいと思います。

逃避行

帰還途中に不時着水、奇跡の生還をしたが

終戦の少し前、私は朝鮮の羅津《らしん》にいて、本隊の舞鶴から帰って来いという命令が来てたんです。その時は誰しも沖縄方面の特攻にいくものと、遺書まで書いていたのです。

昭和20年８月10日の夜の夜中に５機の飛行機（３人乗りの零式水上偵察機に４人が搭乗）が飛び立って私は４番目に出たんですが、低空飛行で飛んでてしばらくしてから海の中に落ちてしまったんです、海中に放り出され７時間漂流し、ソ連機に襲われながらも、朝鮮半島の清津《せいしん》という所に上陸しまして、そこから私と仲間２人と元山《げんざん》まで歩いたんですね。いや、酷い目にあった。

出発前日の９日にロシアは宣戦布告したんです。いや、突然おそって来たわけです。

満州と樺太と千島列島に一挙に攻めて来た訳です。満州は日本と親しくしていた国で、日本人が沢山行ってます。普通の民間人、それから満蒙《まんもう》開拓青少年義勇軍の若い人達が

行ってますよね、15～19才の優秀な少年を選抜し、そこに行く為に内地で養成してたんですね、その人達は私がいた羅津《らしん》に上陸して、そこから満州に入ったんです。あとから嫁さんが必要だということで、大陸花嫁といって内地から嫁さんを募集して結婚した人も沢山いました。でも青年男子は皆兵隊にとられたから残っているのは老人と子供と女の人達ですね。そこへ突然ロシア兵がやって来た為に皆右往左往、私はそんな人達と一緒に逃げて、元山《げんざん》まで歩いていったんですよ。

満州からの引揚者と

その道中は酷《ひど》いもんでね、日本人の女の人や子供、年寄りが、そこの道路を昼も夜も雨の日も風の日も、時間も天候も関係なく延々と長蛇の列が遥か彼方まで続いて、日本に少しでも近付こうと思って歩き通しなんですよ。

ところで藤原正彦さんの『国家の品格』という本を読みましたか、その本を書いた方のお母さんが『流れる星は生きている』という小説を書いた藤原ていさんという方で、私が歩いている前か後ろを歩いていたんですね。あの人の話によれば、今大学で数学の先生をしている藤原正彦さんが4才か2才の時に、ていさんは小さな赤ちゃんを背負って6才の子供の手を引いて、未だ小さい正彦さんを前に抱いて、その道を歩いてたんです。そりゃ皆さん酷いもんですよ。

食べ物はないし子供が病気になる。小さい子が「母さん母さん、父さんどこいったの」といって、それはもう見てられないですね。子供が亡くなったら道端に目印になるような太い木の根元を掘って埋めるとか、目印になるような大きな石をボンと置いてくるとか、ちょっと山の方に行って穴掘って埋めてくるとか、そのようにしたんですよ。歩いてこられない人は道端で死んだり、自ら命を断ったり、これ本当の話なんですよ。映画『大地の子』見ましたか、実際に私は話を聞いて知っていますし見てもいます。せめて子供の命だけでも助けようと思って中国の人に預けるんです。平和になったら迎えに来ますから、そしてお礼もちゃんとしますからお願いします、と自分の子供を置いてくるんですよ。自分だけでも裸一貫で日本に帰り着いたらなんとかなるだろうと。でも、迎えに行けず中国残留孤児となった人がたくさんいます。そういう話はまだまだ沢山あります。

それと、日本が戦争に負けたという時に、満州で使用人で使っていた中国人や朝鮮人が、これ幸いとばかりに日本人が住んでいる家に押し掛けてきて平気で畳《たたみ》をはがして盗《と》ったり、茶箪笥《ちゃだんす》や箪笥《たんす》をもっていったり、牛や馬を連れて行ったりしたんですよ、日本人がいるのにです。酷《ひど》いもんです。そしてね、今まで日本人と親交のあった朝鮮の人で、全部はそうではないですけど、掌《てのひら》を返したように、仇《かたき》にするといいますか、そういう目で見ますね、本当です。いざとなったら本当そうなります。

道端《みちばた》に今迄もってきた家財道具などを重たくて投げ捨てたりすると、朝鮮人がきてそれを持っていくわけですね、あげるわけですよね。金もない、物もなくなったらどうなると思いますか、哀れなもんだったですね。

北朝鮮なのに南朝鮮の旗を

そして、ある小さな村を通り抜ける時に、朝鮮の青年団の方でしょうか、我々を監視するように道端《みちばた》の所々に立っていましてね、日の丸の旗を塗り替えて巴旗《ともえ》というんですかね、木銃をもったり、旗を振りかざして、我々日本人を道の端に寄せ付けなかったです。すべてがそうか、或いは悪い事をした日本人がいたからそうだったのかもしれませんがね。僕は自分の目で見た事しか言いませんので皆さんよく解釈していただきたいと思うんですけど。

今になって不思議に思うのは、北朝鮮で何故あのとき南朝鮮の国旗を立てて振りかざしていたのかよく解らないです。ちょっと理解に苦しむんですけど南朝鮮も北朝鮮も、そういっちゃいけないのかな、大韓民国も朝鮮民主主義人民共和国も独立したのはずっと後で、まだこの時は独立してないんですよ。しかし、この時、既に向うの国旗がはためいていたわけです、事実です。北朝鮮もそうだったんですよ。

人間最後は衣食足りて礼節を知るということがあって、お腹一杯の時は助け合いましょうね、仲良くやりましょうねというけれど、最後になったら、そりゃいろいろありますね。見てられないです。やっぱり頼れるのは自分です。だからしっかり勉強して、そして間違いを起こさないように皆でやっていかなければ駄目だと思うんですね。

強い日本にならなければ駄目だと思うんです。そうしなければ足下みられて馬鹿な事ばかり要求されているでしょ。今、こんな話されても困ると思うかもしれませんが、とにかく政治、経済も強くならなければ駄目だと思いますね。それよりも大切なのは、情報です。コミュニケーションといいますか、情報交換を早く正確にしなければ駄目だと思うんです。

私が飛行機にのって落ちてから数日後にポツダム宣言を受諾しているんですよ。日本が8月15日に負けたんだということを私は元山《げんざん》で8月の末に初めて知った訳です。本当の情報を早く掴《つか》んでいればね、こんな所でまごまごしてないですよ、違う方法があった。何故かと言うと「神馬、おまえ舞鶴に行け」という命令を受けていたんですから。舞鶴に行く為のいろんな方法をとっていたはずですよね。

元山で武装解除

朝鮮半島の真ん中くらいに位置する元山という所に元山航空隊（九〇一空）がありまして、同じ海軍の航空隊ですからここで一服していこうということになって、私は元山の航空隊に寄った訳です。そしたら、羅津《らしん》からの人達（整備科、他など）も既《すで》に歩いて来て私は一緒になったんですね。そこで「いやー、一緒になれて良かったな」といって元山航空隊の広い柔道場か剣道場の一角を借りまして寝泊まりした訳です「やれやれ…」。他の一般の人はどうなったんでしょうか、隊に寄った人も居ましたし、そのまま通り過ぎて日本に向って歩いて行った人もいますよ。

８月の末になってからかな、元山の航空隊の近くの湾のところにロシアの魚雷艇に乗って、将校がやってきましてね、交渉したいから来てくれという遣《つか》いをよこしたんですね。その時の元山空の一番上の人は海軍少佐、江藤少佐。元山《げんざん》空本来の航空隊司令などは、船や飛行機にのって、みんな日本に逃げ帰ったと言えば悪いですけど、引き揚げちゃったんですね。その後に正直に残ってたのが私らの隊の９０１空と９０１空の隊長な訳です。そして元山にいた時に、本当に武装解除になって、ロシア軍に銃や飛行機を全部押さえられまして丸裸になりました。

元山は特攻隊員を養成していた航空隊で、九六式陸上攻撃機など大きな攻撃機などが残ってたんですよ。その夜、飛びたてる飛行機があるからそれに乗ってすぐ帰ろうと友達が誘いにきたんです。でも無理しなくても日本に帰れると思って行きませんでした。

そう言えば、その時の羅津の隊長が私の本『九〇一空シベリア抑留記』にも書いてありますけど、岩崎孝次郎というアメリカの二世なんですよ。アメリカの二世が私達の隊長なんですよ、予備学生の13期の方で海軍中尉ですね。あの山崎豊子さんの映画見た事ありますか。二世になった兄弟が戦う事になりますよね、面白いと思いませんかね。その方はですね、戦後、アメリカに帰ってから銀行の頭取になりました。毎年私に年賀状くるんですけど、今年もくればいいと思うんですけど、どうでしょうかね。

私達は今度、元山《げんざん》から北上して興南《こうなん》という所までロシア兵に歩かされるんですよ。それはあとで「死の行軍」と名付けられたんですけど。興南に行く間に道の端にいる日本人の女や子供たちが「兵隊さん兵隊さん、助けて」と言うんですよ、男がいなかったからどうすることも出来ない。無敵皇軍だって丸腰だからどうすることも出来ない。「大丈夫だ、今、必ず助けに来るから」といって興南まで歩いていったのです。

興南には窒素会社でしたか、日本の大きな会社がありました。港ですから、そこから私達を日本に帰すからと「ヤポンスキー（日本人）」、「トウキョウ、ダモイ、ハラショー？（東京、帰る、うれしいか）」なんていって私たちを騙《だま》してシベリアに連れて行く訳ですよ。

興南の近く、少し北の方に陸軍の広い演習場があるんですね、富坪というところです。私達は、また興南から歩く訳ですが、その時もやっぱり民間の日本人婦女子は歩いていたんですね。そこの陸軍の練兵場にテントを張り、私たちは収容されました。一カ所に閉じ込められるというか野営しているテント集落の外側にいつの間にか鉄条網をまわされて、気がついたら囲われていたという所が2、3箇所あったんですね。

ある日、朝鮮の老婆が近くまで餅を売りに来てたんです。ぼくらはお金（朝鮮紙幣）なんか必要ないから餅を買ったんです。したらおばあさんが喜んで、「早く逃げなさい、今ここにいる日本人は全部シベリアに連れて行かれるよ、逃げなさい」と教えてくれたんです。私は「そんなことない、ロシア兵が東京ダモイ（帰国）といってるよ。いや、本当だ」。もしその時、日本人がシベリアに連行されるという正しい、信頼できる情報を知っていれば「よし逃げよう」と帰ってこれたんですよ。でも、逃げなかった。あの人の言葉を信じてたらね、朝鮮半島を南へ下ってたり、シベリア抑留なかったですね。皆さんの前で話すこともなかったですね。

だから皆さん、今の世の中も、いろんな情報を早く得て、正しい判断をして、正しい行動をしなければ破滅の道を歩む事になると思うんですすよね、つくづく思いました。

学徒の人が多かったんです、学徒出陣で。三猿《みざる》主義（見ざる言わざる聞かざる）ですよ。旅順にいた時に夜、索敵に出ましてね、札幌出身の予備学生2人、河野、本郷の両中尉が亡くなったのを僕は今でも忘れられないです。

日本に帰るという船

ロシア兵の「トウキョウ ダモイ（帰国）」の声、ようやく日本に帰る順番がきて私達は練兵場から歩いて興南《こうなん》で船に乗り込んでナホトカに連れて行かれる事になる訳です。その船はロシアが日本から分捕った船なんですよ。

陸軍の兵隊が朝鮮にあった物資をその船にすでに積み込んであったんですよ。米から缶詰めから衣服からなんでも積み込んであったんですね。そして僕らが行った時は「さぁ、日本に帰るからどんどん詰めてくれ」という。僕らも船の中では1人でも多く日本に帰るようにしたいから「もっと詰めれ、もっと詰めれ」と詰めた訳です。

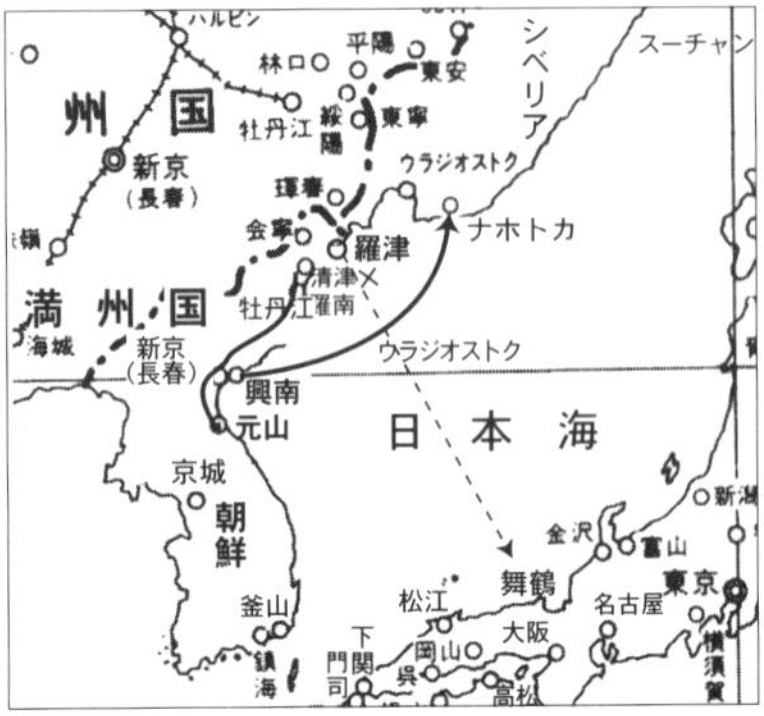

羅津からシベリア収容所までの経路

夜中に船は発ちました。飲まず食わずに歩いて来たのですから腹ぺこです。「腹へったな、何か無いかな」と、食べ物を探しに下の方にいったら米が積んであったんです。そして、生米をそのまま食べたことがありますね、固くて少ししか食べられなかった。

朝が来て明るくなりますと、船の壁や扉に「シベリアに連れて行かれるぞ」、「今のうちに事を起こして引き返させろ」、「事を起こせ」というような事が一杯書いてあるの。前に乗せられた日本人が書いておいてくれてた訳ですよ。それを見て僕らはね、「でも、ロシア人が、東京ダモイハラショ、ハラショといってくれてるんだから、まさか嘘は言わないだろう」と思った訳ですよ。日本人って正直ですね、人がいいというか、バカと言うか。だけど中には血気盛んな者も居りますから「やっちゃうか、船を分捕ろうか」という者もいたんですよ。だけど、帰すと言ってるものを今やろうとして、もし奴らに密告されたらどうなる、と。

ロシアはね、兵隊が機関銃みたいなのを持っているんです、僕らはマンドリンと呼んでいたんですが、弾倉に弾が百発も入ってるんじゃないでしょうか。日本は三八式《さんぱちしき》歩兵《ほへい》銃で、一発一発無駄なく撃つんですね。シベリアでの話になるんですけど、遠くの方に空き缶置いてね「ヤポンスキー（日本人）見てろ」といってね、バーンと撃ったらその缶詰めの缶が跳ぶんですよ、それくらい射撃上手ですね。向うは子供が遊ぶように撃っても怒られないから射撃が上手なんですかね、あれはびっくりしたですね。

船の上では事を起こせなかったんですよね。

シベリアへ

そして、ナホトカに着いたんですよ。下船したらロシア兵が「海軍の兵隊さんは戦争しなかったからちょっと残ってくれ」と。こりゃ日本に帰してくれるのかなと皆で喜んだんですよ。陸軍の兵隊はおろされてどこかに連れて行かれたんですね。おそらく遠くの収容所ですよ。僕らはどうなるのかなと思っていたら「船に積んである荷物を下ろせ」というんです。僕ら海軍は、船倉に積み込んであった米、朝鮮の明太子、干し魚、そういうのが山のようになっていた荷物をどんどん運ばさせられて、お腹ぺこぺこになったですよ。そして、それが終ったら帰されるかと思ったら、船だけがいっちゃったんですよ、僕らだけ残された。そして、日本から奪った米を「疲れたろ、食べろ」ということで、ありがたいといえば有り難いということになるんでしょうかね。港というか、海岸に大きな鉄の鍋がありまして、それに米を入れて薪《まき》をどんどん燃やして、食べるにいいだけ食べたですね、お腹一杯になったですね。

そして、僕らが荷物を担《かつ》いで船から下ろしたのをここに積めとか、ロシア人の兵隊が真ん中に立って、こっちを回ってまた船に行けとか、「ダワイ、ダワイ（急げ）」といいながら鉄砲を振り、まるでサーカス使いが立ってて馬や牛を追い回すのに鞭《むち》を振り回すのと同じなんですよ。「どうなる、大変なことになるんじゃないのか」とだんだん不安になりました。けれどもどうする事もできない、武器もなんにもありませんからね。荷揚げが終ってから「これから休む所に連れて行くから」と…。

ぼくらだけで１００人もいなかったと思うんですけど、そこから収容所まで歩かされたんです。悲しかったですねー、もうだめだわと思った。「いやどうする、腹減って」、「あいつらの作戦かも知れない、お腹一杯になったら何をやるか分らないから」、着く迄の間に腹減って、そんな冗談をいう元気もなく無くなったですね。

小休（短時間の休憩）する場所も考えてたんですね、ロシア兵は岸の方にいて休んで、僕らを川の中の砂利が出ている所に入れて、逃げない様に河原に寝かされた記憶があります。石まくらして川のせせらぎを聞きながら…、水を手ですくう、掬《すく》った水に月がゆらゆら映ってると、そんなロマンチックなものじゃないんですよ、もうみんな半泣きになりましてね。

朝になってまた歩き出して、そして収容所についた訳です。ラーゲルですね、お前達の入る所だぞ、ここで暫《しばら》く待っとれ、トウキョウ、ダモイ（帰国）になるからと言われて、そこに入れられた訳です。

ラーゲル（収容所）

そして、その時からラーゲルの生活が始まる訳です。やっぱり逃げるのを恐れたんでしょうかね。ぼくらの収容所の両脇には小川と河原がありましてね、そこの中に一つのテント群があって、そこに入れられたんですね。泥炭地なんですよ。歩けば水がブクブク出る、お茶のような色がついてる水、そんな水しか出ない所ですね。そんな所に盛り土をしてテントが張ってあったんです。そのテントに入れられたんです。

8月の終戦の時は夏なんですよ。夏用のシャツと夏用のステテコ、それでそのまま収容所に入れられて、いよいよ冬でしょ、どうなるかと思って不安でした。夏服のままシベリアで冬になったんですから、最初の冬で大抵の方は亡くなりました。

僕らの入った収容所は、運動会のときのテントあるでしょ、校長先生や看護の先生が座ってる、あれと同じテントで作られていて、幅4・5メートルくらい、長さ15メートルくらいありましたか。幕舎《ばくしゃ》の横は土を盛って塞《ふさ》いでいるからまだいいんですけど、暖かいものは何もない。毛布は一人に3枚、日本の陸軍の毛布です。そのような幕舎が全部で30くらいはあったでしょうか。

寝床は人間の背丈ぐらいに切った丸太を並べて、枝がついてるのもありましたけど、そして枯れ葉を並べて、その上に毛布を置いて、隣の人と毛布を拡げて重ね、そこに寝るんです。二段ベッドと言うと格好いいですけど上段の人が寝返りうつと丸太の隙間から葉っぱのクズとか靴についた泥とか、何かパラパラ落ちる、そういう所です。明かり取りの窓と幕舎の中央に裸電球が一つ、電球の中のタングステンが真っ赤になってぶら下がって灯《とも》っているだけだから暗いんですね。そういう所に入れられた訳です。そして、これからすぐに労働が始まる訳です。

強制労働

どんな仕事があったかというと、鉄道の線路に砂利が必要だから、その砂利を運搬する仕事。炭鉱の仕事、いろいろあります。

そしてね、「日本にすぐ帰してやる」収容所でもそう言うんですよ。「直ぐ帰す、一生懸命やるとスターリンも喜ぶので一生懸命やること。明日から仕事だ」といって作業の割り当てがある訳です。一番最初に行ったのはスーチャンのドダゴー第一収容所です。そこの近くに45番炭坑があるんです。炭坑に番号付けたんですね、ロシア語で言うとソーロク・ペアーチというんです。25番炭坑もありました。

シベリアの日常生活について

昼夜とも非常に寒くて、寒風にさらされます。帽子を被ったまま、靴を履いたまま、服をきたまま寝ます。そうでないと凍死ですからね。朝起きると眉毛も何も真っ白ですし、毛布の口元あたりはしばれて（＝凍って）カポカポですね。

栄養失調になると…、最初は体がやせこけますが、顔がむくんで「お前ずいぶん太ったな」といわれるともうお終《しま》いですね。そして、皮膚を摘《つま》むとズーッと伸びるんですね、ふーせんガムみたいに伸びます。お尻の皮が一番伸びます。

トイレの話もついでに

ものすごく寒くて寒さを表現するのに、しゃべる言葉も凍り付きカチャッと落ちる、くらいです。北海道では雪におしっこをすると穴があきますよね、だけど向うだと穴が空くどころかどんどん重なって高くなっていきます。

大便の方は、掘った穴に、板を２枚渡しまして、跨《また》がって皆がやるんですよ。一列縦隊ですから前の尻が丸見えです。尻をふきたくても拭《ふ》くものがないんですよ。最初は朝鮮紙幣や日本紙幣でふいてましたけど、金で尻を拭くなんて大した者だと思いました。拭くものが無くなると木の葉っぱとか雪です。冬の大便は凍るんですよ、凍ると上の方を倒してやるの。カンカラカンなのでその内にスコップで四角くレンガのように切って、それをスコップに載せてトイレから外に運んで積むわけです。レンガの塀みたいのができるわけです。でも、春先になると大変です、参ってしまいます…。

炭坑

炭坑の作業に出される時、嫌なイメージがあったんですね。色んな仕事をしてみて炭坑が一番辛かった、けれども寒いシベリアの中では暖かいところでもあったような気がします。三番方ってありましてね、８時間交代で、一番いいのは夜中の12時から朝８時迄やる三番方は大変いいですね、暖かくて。

私が行った45番炭坑と言うのは、中央に幅３メートルほどの坑道があって、そこから左右に1番坑、2番坑、3番坑、と伸びていまして、一つの坑に数人が入ります。収容所で「三番方集合」というと、一人のロスケが鉄砲を持って付いて来る訳です。炭坑の入り口に着くと、そこに一般人のロシア人がいますから、そいつに連れられて1番坑、2番坑、3番坑と入る訳です。狭いですね、皆カンテラを首からぶら下げて手に持って前に突き出し入っていくんですよ。でもあいつらはキャップランプだから両手使えるわけですよ、そして石炭の層が170糎《センチ》くらいあればいいんですが、120糎《センチ》くらいしかない所もあるんです。地下に石炭がズーッと詰まっていて、そこをツルハシで掘る訳です。掘られた石炭は樋《とい》(雨樋《あまどい》のように集めて運ぶ装置)に投げ入れる訳です。カチャッカチャッと扉が開き、穴の奥から中央の通路まで繋《つな》がってて落ちていく仕組みになってるんですよ。日本人ヤポンスキーは奥の奥まで追いやられ、座ったまま鶴嘴《ツルハシ》、スコップを持って採炭するわけですよ、大変だったですよ。今考えればあの

神馬氏は零式水偵の搭乗員、航法、通信担当、
講話の休憩時にモールス通信を説明

時、粉塵がもうもうたっていた中で仕事をしていたんですが、肺に悪いとか目に悪いとか、何も考えられなかったですね。

一番大きな中央の坑道まで行くと線路が引いてあってロスケがトロッコをもってきて待機していて、僕らが奥の方で入れた石炭がチャッチャッと流れて入るようになっているんです。だからサボったらすぐ飛んで来て「なにやってんだ」と。いやー泣きながらやったですね、立てればいいんですけど、座ったままでの採炭は、腰は痛いもの、大変だったです。その小さなトロッコに１人が、１日５杯か６杯。今日は５台分だと決められたら、４人が入ったら20台分だすことになるわけです。ロスケが馬でトロッコを引っ張って選炭場まで運ぶんです。

そして、トロッコもいい加減なもんで脱線したら、それを持ち上げて線路に戻すんです。たまたまロシア人の女の人がいて、ロシア人の女の人は力あるんですね。腕っぷしがすごいんですよ、体もデブッとしてましてね。そして、トロッコを背中で押すんですよね。これはいい方法覚えたと、それまで日本人は手で押してたんですが、それからは脱線したら背中でもってグッと押し上げるようになったんですよ。

それと、日本人なら1、2、3とやりますけど、向うは1、2ですね。1のことをアジンといったりラスといったりしますけど、ラス、ドワといってボンと持ち上げるんですよ。手間はぶけていいですよね。

ロシア人は要領よくて、時間さえ過ぎれば帰れるわけですよね。坑木のきれっぱしをトロッコに積んで、その上に石炭をかぶせ、見た目にはそれで今日はノルマ大した成績よかったと。まぁーあんなこと私たちは考えもしなかったですけどね、ロシア人たちはやるんです。その中にドイツ人の捕虜もいました、日本人と同じようなタタール人も日本人と一緒に働いていていました。

炭坑の仕事の帰りはロシア兵が鉄砲持って坑口で待っている訳です。何番坑に何人と人員が揃うと、「ハラショー」と言って、皆が並んで収容所まで帰る訳ですけど、日本人考えましたね、塊炭《かいたん》をポケットにつめて持って帰るの。壊れないような大きな塊炭を縛《しば》って、腰に下げて、外套《がいとう》の中に隠して吊るして収容所に帰ってからストーブにくべるわけ。トロッコをひっくり返したようなストーブに石炭をいれ、燃やす訳です。

さっき言った電球のことですけど、明かりをとるために発破をかける時につなぐ導線があるんですね。「かけるぞー」というと皆退避して、スイッチを入れるとバーンとなる、その時の導線を持ってきて、収容所の２段ベッドの上の方から吊るして、ちょっとカギ型にして火をつけるわけです。そしたら導線の皮膜《ひまく》が燃えて、縦にすると一遍に燃えてしまいますから少しずつ燃えるようにして明かりをとってたですね。

落盤事故

落盤しないように神社の鳥居みたいな坑木を組みながら奥へ奥へと中に入って行くんですが、こういう事故がありました。石の中を掘って行くので上から石が落ちるんですよ。岩みたいな盤《ばん》が落ちて来たんですね、落盤《らくばん》です。湿っている石が落ちて来て下敷きになったらどうすることもできない、重くて動かせないもの。「あー、神馬さん助けて、神馬さん助けて」といわれても助けられない、そして亡くなった方がいます。本当の話です。

脱走

炭坑を掘り進んでいったら炭層が地表に近くなる部分があって、そこまでいくとぽっかり穴が空いてお天道《てんとう》さんが、青空が見える所があったんです。そこは日本人と一緒に働いていたタタール人くらいしか知らないと思います。そこから出て行って、うーん、と体操して帰ったこともあります。

で、そのうちに、陸軍の軍曹と海軍か陸軍の上等兵の二人でね、収容所でもらったパンをそこに行くたびに溜めてたんです。どういう方法でためたか分りませんよ、後で聞いたんですから。そして、ある日、三番方（夜が一番長い）で行った時にパンを持って逃げたんですね。いやー、よく度胸あるなと思って。

そして、あとから回りの人から聞いた所によると「ここはまだ日本に近いから樺太とロシアの間の間宮《まみや》海峡、あそこが凍るはずだから歩いて通れるぞ、時期は今だ、今を失ったら海の氷が溶けて行けなくなる」と出て行ったらしいんですよね。

前にお話したようにね、ここなんか逃げられる所でない。ドストエーフスキーだって流されたところでしょ、流された犯罪人と一緒に仕事して食べていくしかない所なんですから。シベリアという所はそういうところなんです。脱走した二人はすぐに捕まりました。そして、日本人の前で棒か鞭《むち》でぶっ叩かれたんですよ。可哀相だったね。そのうち、その人達はどこにいったのか、いなくなりました。これは本当の話です。

炭坑のトイレと食べ物の話

炭坑では、廃坑で用を足すわけです。あとから行くとひどいもんです。便を跨《また》ぎながらします。その便を目当てにネズミが出るんですよ。そのネズミを今度は日本人が捕《と》るんですね。食べ物なくなったら何でも食べますよ。ネズミなんて言うと大したご馳走ですよ。私もいただいたことある訳ですけど、そういうもの食べなければ生きてこれないんですよね。

食べ物ついでにお話しますと、道ばたに咲いている花とか何かの葉っぱを採りましてね、収容所にもっていって煮て食べる訳です。だから、出る便は牛や馬のように青いです。食べ物によって色が違いますから。そうそう、アカザを食べます。ヨモギは大したご馳走で、葉っぱをとって収容所に持ち帰り、叩いて餅みたいにしてとっておきます。

パンは1日３００グラム与えられます。でも黒パンで重たいですから３００といっても小さいですよ。12センチくらいかな。だから、朝のうちに食べちゃいますね、お腹へってますから。晩はパンクズでも残ってたら草の葉っぱと一緒に煮たりしますね。途中でロシア人がピンはねして３００といっても３００グラムないですよ、「お前の所はこれだけだ」と、こんなレンガみたいなパンを渡され、その焼いたやつを切って、当番は朝、皆に分けるわけです。最初は大らかに分けていたんですけど、物が無くなると凄《すさ》まじいですね。切ったパンのクズまでどのようにして分けるかという言い争いになるんですよ。計りを作って、それにかけて、平等に分けるようにしました。

そう、岩塩が配給になりました。氷砂糖みたいに固まってるんですよ。カーシャといって糊《のり》を溶かしたようなお粥《かゆ》ですね、岩塩をかけて食べます。陸軍の飯盒《はんごう》の蓋《ふた》一杯が1食分です。炊事場がありまして、醤油樽みたいなものに一杯に詰めてくるんです。途中でそれをひっくり返してしまったり、あるいは…、悪いのがいるんですね、それを襲う奴がいるんですよね。お腹へったらそういうふうにもなりますね、身内同士でも襲う奴がいて、僕がいた収容所では飯盒を持ってきて粥《かゆ》を掬《すく》って必死で逃げたのがいましたね。追っかけていくにも追っかける力がないんですよ。

ハラショーラポーター

ハラショーラポーター（働きの良い労働者）とか言って、ノルマ以上に今日は良くやったとかいったら豚の塩漬けですね、生のね。マッチの小箱の半分くらいの貰《もら》いましたですね。札《ふだ》をもらって、炭坑の窓口に持って行き、豚の塩漬けと交換するんです。もらったら友達と分けます。一人で食べると言うことはあまりしなかったです。お互いに分ければお互いに分け合うようになる訳ですね。

農場での仕事

ロシアの農業形式でソホーズは国営農場、僕らが主に行ったのは集団農場のコルホーズです。「コルホーズに行って静養して来い」といわれるくらいですから、大変、楽です。キツイ面もあったですけどね。どういう仕事をしたかというと、芋《いも》、ジャガ芋を集めたんですね。機械でもってさっと集めたですね。当時、日本は機械化されてなかったのでソ連にあるようなトラクターを日本に持ってきて、ぐっと動かしたらすぐ隣の家に入っちゃいます。向うは土地が広いですから人の影が地平線までダーっと続いてるぐらいの所をおこす訳です。ジャガ芋を集めて、それを倉庫に入れる仕事をしたんです。

そしたらね、ジャガ芋を食べさせてくれるんですよ。今日はヤポンスキー日本人にジャガ芋を食べさせるから3、４人寄こせと。行くと芋の皮剥《かわむ》きやりますね、大きな釜で茹《ゆ》でてそれを食べます。お腹ポンポコリンになりますね、うれしいですね。ですけれど、芋を持って帰るというと刑務所行きだよ、今ここで食べるのなら許されるけど、もって帰ったらだめだという訳なんですよ。おかしいですね。そこで、皮をくれというと、皮ならいいというんで、皮を一生懸命ポケットに詰めましてね。皮を剥《む》く奴に「明日剥く時には皮にもっと身をつけておけよ」と言ってやったんです。

雨降りの時、あいつらは労働時間だけそこにいるだけでいいと思ってる。ロシア人が3人皮剥きにつくんですよ。いかに何もしないで時間を過ごすかと言うことが共産主義と言ったら悪いですが、そういうものらしいですね。日本人なら芋一つでも拾いますよ、自分の財産ですから。向こうは自分の物でないですから拾わない。労力を使わないで時間を過ごせば生きて行けるんですから。

雨が降ると、ロシア人は良い休憩場所があるんですが、僕らは休む場所が無かったから、そこの馬小屋に入れられたんですよ。すると馬糞《ばふん》の中に消化されてない、そのままのキャベツや白菜が転がっているんですよ。「こりゃ、いいもの見つけた」といって、馬の首を撫《な》でながら「よしよし、おーおー」といいながら間に入ってるキャベツを横に寄せて馬糞を蹴飛ばして、外套《がいとう》の下に隠して帰った事があります。食べて余ったらね、

「収穫あったぞ」と友達と分け合いますけど、分け合うのも衣食足りて礼節を知るですから、満足して無かったらダメですね。

栄養失調でふらふらしてても来る日も来る日も労働です。

冬なのに暗渠《あんきょ》（排水溝）を作ると銃を持ったロシア兵にコルホーズへ連れて行かれた事あります。現地について民間人に僕らを引き渡して…、ロシアの兵隊ね、ロシア市民（民間人）に日本の兵隊をまかせたらどこか遊びに行っちゃうの！　われわれの番兵に付かないんですよ。帰る時間まであいつら暇なんですね。どこに遊びに行くかはだいたい、ま、可愛いお姉ちゃんのいる所に遊びに行くんでしょうかね、酷《ひど》いね。

泥炭地に土が被《かぶ》っている所で、冬ですから鶴嘴《ツルハシ》でいくらやってもくい込んで行かない、そこでロシア市民が氷のつららのようになっている枝を折って薪《まき》を作り火を焚《た》くけど凍土を融かしてもベトベトになるだけで、それでも５㎝か10㎝しか掘れないんですよ下は凍ってるんだから。なぁーに時間さえくればと、よっこらよっこらやっていると、時間になって戻ってきたロシアの兵隊と民間人が喧嘩するんですよ。ロシア兵は「俺は時間になったから帰るんだ」、コルホーズのロシアの民間人が「まだ、やってないじゃないか、ニラボート（作業不良）だ、ニハラショ ラポータ（不良労働者）、東京ダモイできないぞ」と、私達に怒る訳ですよ。おかしい国ですね。

人が死ぬとね

最初の年でもって、一つの幕舎《ばくしゃ》…、テント…、家が2つも3つも空くんですよ。死んだら空いている幕舎に死体を置く訳です。置いたら一晩のうちに身につけているものが全部なくなるんですよ。すっぽんぽんで凍ったまま寝ることになるわけ。盗ったものをどうするのかというと、これは炭坑に行った時にロシア人と交換するんですよ。戦争というのは、負けても勝っても惨めなもんだ。

ロシアはね、アメリカから物凄《ものすご》い援助を受けてたんですよ。車も食べ物もソーセージの缶詰も全部ＵＳＡ《アメリカ製》。アメリカからは物をもらい、日本からは盗み掠奪《りゃくだつ》する。そういうロシア人と、魚食べて頭余ったからやるとか、パンのはしきれやるとか。僕らは死んだ人の服とか靴とか隠して持って行って交換したんです。これは本当のことなんです。

そして、死ぬって予感した人はね、けなげというか何というか「俺が死んだらお前にやるぞ」という約束してる場合もあるんですよ。「これやるからな、何も遠慮しないで持ってけよ」というようなことまで言うんですね。何と言うかなぁ、『南の島に雪が降る』（加東大介著）という小説読んだことありますか、「お前に俺の肉やるよ」というのがあったでしょ、それが事実かどうか分らないですよ。だけど、それがシベリアであったことは事実、間違いない。お腹へったらどうなるか分らないですよ。

そして、金歯とかも何もなくなってスッポンポンの遺体を日本人が作ったソリに積むんですよ。５人でも10人でも積んで縄《なわ》で縛《しば》って、引っ張って、離れた所に穴を掘って埋めるんですけど、穴がなかなか掘れない。鶴嘴《ツルハシ》でやっても凍ってるので太鼓叩いてるようなものですよ。ようやく穴掘って埋めて、遺体にようやく土をかぶせて、そして雪が融けると遺体は腐らないから、被せた土から手や足や体だって出ますよね。

墓と慰霊碑について

今、新聞に、どこどこの収容所の跡に墓地があった、なんて全く嘘。あるはずがない。僕は一度、勉強（教員）している時に蒙古人の女の人が教育ナントカ（研修生）で来てね、スライドを見せて「蒙古で亡くなった日本人の墓は、このように立派にちゃんと祀《まつ》ってありますから安心して下さい」と言うんです。墓が一つひとつ建《た》ってて、神馬とか山口とか名前が入って建ってる。ああいうことは絶対にあり得ない！　嘘です。慰霊碑なら分りますよ、日本人も来ますから、慰霊碑を建てて、ここで日本人が亡くなったんだと、祀ろうじゃないか、というならまだしも。死んだその都度、穴を掘って埋めて墓を作ったなんて、絶対ない、あり得ない。あるというならそれは嘘ですよ。僕だって、出ていっていくらでも証言しますね。

だけど、日本人と友好を結ぶために、後で墓（＝慰霊碑のつもり）を作ったんだと、正直にいうなら、甘んじて受けてもいいと思いますけど。

僕は、ノボシビルスクに行ったことありますけど、その町から車で約20、30分行った所にノボシで死んだ者たちの墓があるんです。その中に日本人の慰霊碑というのがあってそこに北海道新聞社の橋本さんという記者と一緒に行ったんです。写真も撮ってきました。日本人の抑留者の大きな慰霊碑に僕は花を捧げてきましたが、その慰霊碑の前に、個人の名前の書いた墓がずらっと並んでいる訳ですよ。それは嘘っぱちですね。だけど、そういう気持で弔《とむら》っていますよというのでしたら、又、それを拒否するのもどうかと思うんですが。日本人が向うで働いてた時の葬《ほうむ》り方というのは、絶対に違う！　穴掘って埋めて飛び出たらまた穴掘って埋めて、そういう葬り方。墓なんて、嘘です！
僕の隊長だったアメリカ人の二世の岩崎孝次郎中尉が、自分達の仲間が死んだ所に、神馬さん一緒に行って拾骨してこようと言われたんですけど、金がなくて行かなかったんです。岩崎さんがスーチャンの最初の収容所の跡を探したけれどですね、跡形もなくなってて分らなかった、と私に言いました（お墓どころか収容所の跡もない）。今度機会が会ったら行こうじゃないかって、私もいってみたいなと思うんですけどね。

×××××××××××××××××××××××××××××××

話は、まだまだ沢山あります。例えば、ロシア人の生活、ナホトカ引揚げ港の第一収容所から第三収容所の話、日本新聞と帰国船上でのこと、舞鶴港でのことなどです。そして、帰国してからの悲喜《ひき》交々《こもごも》の生活のことなどです。
冒頭でも申し上げましたが、

戦争は絶対反対、そのために強い日本を創るということが私の話の帰結点です。

つまり、政治的、経済的、文化的に、そして科学、医療、教育について世界をリードするという意気込みを今後とりたいものだと願っています。ありがとうございました。

シンガポール、マニラ、サイゴン

ベトナムで村長のドクさんにうちの娘を嫁にもらえと口説かれた

伏見　一（昭和3年2月生）

通信士・岡九三二六部隊南方航空
陸軍二等兵

私服を着てサイゴンでの休日

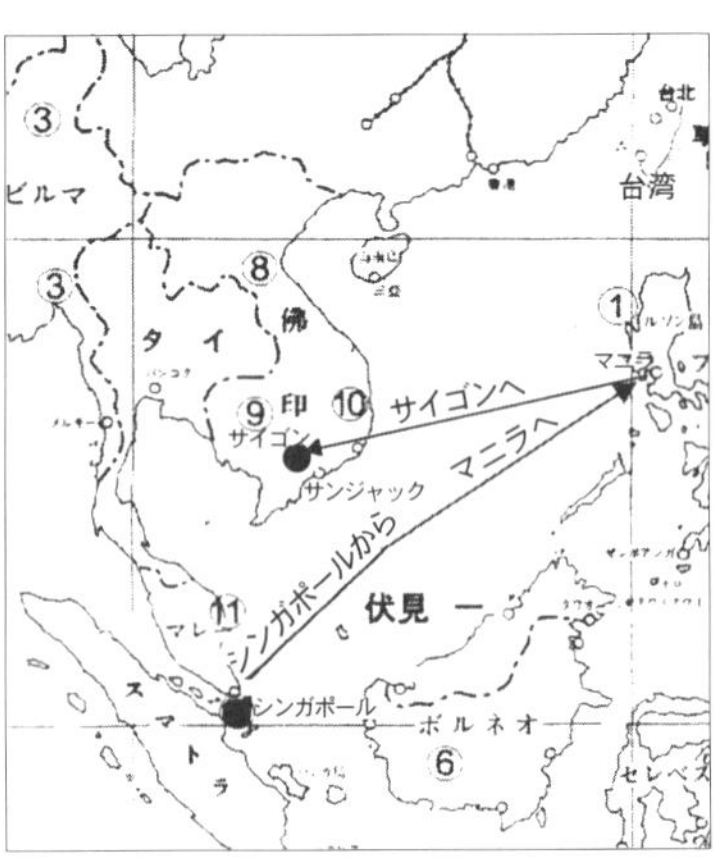

転任地の地図

長引く支那事変、昭和15年から食料が切符制になり食料事情がさらに悪化。米英との戦争が始まり、学校では軍事教練が厳しくなって小柄で体力のない私はついていけず、北海中学を中退して昭和18年、東京の無線学校へ入学した。食料難で腹をへらしながらの学校生活で実技を学び、繰上げ卒業となって就職先を選んでいた。

〈気がついたら入隊、訓練〉

昭和19年2月、「誰か中華航空への希望者いないか、東京勤務で給料いいぞ」と官立無線学校の繰上げ卒業時に教官の甘言に釣られ手を挙げた16人が東京駅八重洲口の会社に面接に行くと「(中華航空は)変更になった。新宿の南方航空に行ってくれ」と告げられ軽い気持で指定された場所へ行くと、一見、料亭風の格子戸の横に「岡九三二六部隊南方航空教育隊」の門札。「えっ、軍隊?」、一瞬戸惑う。中に入ると軍服姿のチョビ髭が「おー、学校からの志願者か、よく決心したな、聞いて来た通り暗号電報訓練が終わり次第、南方各地に派遣される。頑張れよ」、「お前小柄だな」、「ここの板さんメシ旨いぞ」と一方的に押しまくられたが、軍人に話が違うと言える雰囲気では無く、また食糧難の時世「メシが旨い」に心動かされて「はい」と答えて16人が全員甲種合格?で入隊となった。いずれ少年戦車兵や予科練に志願させられる時代なので覚悟をきめた。15、16才の少年を志願させるには学校と結託して多少の甘言は必要か。

支給された軍服は大きくて体に合わない。「服に体を合わせろ!」と一喝《かつ》され袖《そで》を折ったり捲《まく》ったり。階級を表わす「白色流れ星」章を胸に付け、認識票を首から下げ、15才のちび軍属が誕生した。寝床は2階の宴会場の大広間で軍用5尺のわら布団と毛布2枚、折り目の輪をきちんと揃《そろ》えなければ蹴飛ばされる。3月に入り16才になった。規律厳しい軍隊生活にも慣れ暗号電報も習得した。

ある夜、ちょび髭教官が泥酔し軍隊小唄の替え歌をか細い声で口ずさんだ、

♪ 人の嫌がる軍隊にぃ… 志願を勧める馬鹿もあるぅ… 御国のためとは言いながらぁ… 可愛いお前ら送りだす~… ♪ 立場上つらかろう。戦地に送りだす心境を察し、皆シーンとなりそっと毛布をかけた。派遣間近か…。

認識票、9326部隊

予感的中、「第11次出発隊として任地はシンガポール」と告げられ船団待ち、輸送船が米潜水艦によく沈められたと噂も聞くが「南航隊(南方航空)は毎回無事だ、心配無し」と元気づけられるも

心中不安。平林教官は隊員一人ひとりの手を握り酒をついで廻ってくれ、かび臭い恩賜の煙草に火を付けてくれ(未成年でも一人前扱い)、人情味溢《あふ》れる送別会をしてくれた。

輸送船の悲劇

昭和19年5月1日、門司港、同僚16名と多数の兵士と共におんぼろ輸送船「大黒丸」に乗船。船団を組み（隻数不明）シンガポール目指し出港、駆逐艦の護衛もなし。船首に丸太で作った疑似大砲にシートが掛けてある、子供騙《だま》しに兵隊達も呆《あき》れてる。甲板にゼロ戦数機が鎖で固定されていた。台湾沖で大時化《しけ》に遭遇、皆船倉でぐったり。ようやく時化が収まり、甲板に出て驚く。ゼロ戦が数機、手摺りを破り海中へ落ち、残っているのもぶち壊れてた。腹がたった、銃後の人々が血と汗で作った戦闘機が海の藻屑に。他船の被害状況は無線封鎖の為不明。

恐れていた悲劇が起る。日没頃と記憶している、ドドーンと大音響、「魚雷だ！」の叫び声、一斉に甲板に駆け上がると、本船ではなく一番安全と思われていた併走していた赤十字マークの病院船がやられた。国際法違反だが、病院船は甲板に数機の戦闘機を積んでいたのを敵潜に発見されたのかもしれない。船団長乗船もあとで判明、多くの看護婦さんを救助できず。ジグザグコース（潜水艦の魚雷対策運航）も大した役に立たない。昭南港に辿り着いたのは僅か2隻のみ。教官の言った通り南航隊運強し。

シンガポール・昭南島での贅沢な時間　岡部隊

初めて異国のシンガポールの地を踏み岡九三二六部隊（南方航空）本部に向かう。英軍から摂収した豪華な「カセイビル」、ＩＮ～ＯＵＴ表示初めて見る。両端にライオンの大石像、白ターバンの髭インド人に「マスターようこそ」と挨拶され驚く。「金色流れ星」の徳留陸軍司政官に着任申告すると「無事に着いて良かった、疲れたろ、ご苦労さん。まずシャワー浴び昼飯食べていけ」に全員直立敬礼。

本部の中は、ずらり並んだシャワー室、高級石鹸ＬＡＸ、清潔なタオル、豪華さに驚き、船旅の疲れも吹っ飛ぶ。英軍時代の豪華食堂の天井には大型扇風機がゆっくり回り、お盆を持ったメイドがずらり並んでいるのにも驚いた。腹ぺこの16人はカレーライスを2～3皿ぺろり、夢のようだ。周りが綺麗なので汚れた軍服が恥ずかしい雰囲気。食事後、眠い目をこすりながら副官から当隊任務の説明受ける。

南方航空は南方各地に18支部あり、それぞれ地域に応じ駐屯地があり。人員物資の輸送（ＭＣ２型・ＤＣ３型機使用）や航空写真撮影（百式司令部偵察機・キー46）、気象観測、機体整備、乗員訓練を行なう。他に昭南病院等々全て自前。また、反英インド独立革命指導者チャンドラ・ボース氏とビルマ対日協力政権の主席、バーモー氏の専用機「印度のガモク号」の運航も行なう（ボースは戦後墜落事故で48歳で死亡）。

日本政府発行の軍票（バナナ軍票）

南航隊の隊員は約１８００人、常時雇用の現地人は大勢、各地では「南航さん」と呼ばれている。つまり、わが部隊は戦闘以外の何でも航空隊だ。「重要通信を受け持つ通信手、しっかり頑張れよ！」、副官の締めの訓示も船旅の疲れか上の空、「聞いているのかっ！」と怒鳴られるもビンタもなく、バナナ軍票を支給された（写真上・バナナの絵入り紙幣）。「（歓楽街にある）新世界や大世界はトラブル多いので絶対に行かぬこと、チャンギーの軍酒保が安心」と指導を受けるが逆に覗きたくなる。

百式司令部偵察機

オーチャードロードの宿舎に向かう。送迎バスは英軍から接収したカナダフォード軍用車、助手席上部に銃座用の丸い穴。車窓から見る街並みは様々な人種が行き違い、各国語での標識看板、椰子の木、食い入るように見詰める。着いて驚いたのは日本式の兵舎を予想していたが、元女子修道院の豪華でお洒落な建物、広々とした庭園に目を見張る。外国に無知な、銃後で育った少年兵なので、見るもの聞くもの珍しく、唯々驚く。半袖の防暑服支給されるも暑さに参り食欲なし。中国人の賄《まかな》いさんが生姜《しょうが》を擂《す》り下ろし醤油を掛けてくれ食進む。

新任地が決まるまで実務訓練

新任地が決まるまで本部付カトン軍航で実務訓練となり通勤車の運転手は、白ターバンあご髭印度人《ひげインド》が「私ドライバーの〇〇、ヨロシク」、えっ、ねじ回し? 無学な我々恥ずかしい。我隊の先輩から実務を通じ色々教えられる。「妨害電波、混信、雷《かみなり》空電などがあるので相手の立場を考慮し打電。スピード自慢などは以ての外《ほか》である」。引続き、緊急重要電「取扱ミス」で懲罰中のベテラン通信士の独房へ案内される。毛布1枚と便器のみ。ミスするなの誡めか（この制度、自然消滅したと後刻聞く）。

昼食は英軍から接収した食堂に行く。一般兵士用なのに、なんと本部高官用と同じ豪華さとサービス、美味しい食事、僅か1ヶ月前まで銃後で粗食と耐乏生活を強いられて来た我々、何か違和感を痛切に感じた、これで良いのか？　ところが段々慣れて来て、何時の間にかすっかりその気になり、初めて味わう殿様待遇に酔い痴れる、情けない。

宿舎の中国人コックが中央市場まで食材仕入れのため、陸軍と共用の倉庫に物品受領に行くので同行せよの命令あり。車内で片言会話、軍票の乱発でインフレが進み困惑しているとロ説かれるもインフレの意味も分からず頷くばかり。しかし、何となく危機感が伝わり指で輪を作ると（ＯＫサイン）にっこり笑い「貴方たくさん上等」とほめられた。

所用を済ませ倉庫を出ると、こちらの出入り口に軍の車が近づいてきて、運転手の上等兵が降り「貴様ら車の邪魔だ」、「此処に店を出すなと、何度言ったら分かるんだ」と怒鳴り、いきなり果物売りの屋台を蹴飛ばした。売り物の果物が飛び散って、マレー人の娘は泣き叫び、付近の屋台は蜘蛛の子を散らした様に逃げた。上等兵はバツが悪そうに「南航さん、何度も注意してるんだが…」、見てはならぬものを見た、悲しい出来事。

島内視察（昭南島観光？）と軍酒保

実務訓練も終り赴任先の決定待ち。上官から島内視察が許可され、待ちに待った自由外出。既に緊迫している戦況も露知らず16～17歳の世間知らずの少年兵士たちは島内見物。街ではマレー語、中国語、タミル語、英語、各国語が飛び交うが、片言の日本語も通じ不自由なし。感心したのは、組み合わせにより、全ての会話に通じる簡単明瞭な「上等」「上等ナイ」「タクサン」「スコシ」、この言葉こそ「たくさん上等」。我々は、まずマレー語の有り難う「テレカマシ」、買物に必要な数字「サト・ドア・テンガ（1・2・3）」を覚えた。

最初に訪れたのは、山下康文《ともゆき》将軍と英軍アーサー・パーシパル将軍との「無条件降伏イエスかノーか」で有名な会談場所や昭南神社参拝記念スタンプ押す。帰路、屋台の焼きうどんを食べた。旨い食後の一服は一本売りの現地煙草、長い線香の様な物で火を付けてくれた。全島見物するなら何日掛るか見当付かない、連日出掛ける。

何でも珍しく覗き歩いていると皆とはぐれ一人になったが見物を続けた。人集りに割込むとインド人の大道芸人が、私を見付けて片言の日本語で「チャッチィ兵隊さん」むっとしたが「トーキョウ♪　タイペイ♪　マレーシア♪　ジャラン・ジャラン♪ヨーコソシンガポールへ」と、右手で丸いボールを、左手で密閉された四角い金網箱を振り回すとポンと音がしボールは篭《かご》の中に。不思議だな。次は縦笛。妙なる曲を吹きながら下に置かれた篭の蓋《ふた》を開けると、コブラが立ち上がり踊り出す。生れて初めて見る芸に拍手を送り軍票を投げ入れると「テレマカシ（ありがとう）」とコブラの頭を私のほほに近づけ、赤い舌でキッス寸前、キャーと叫び後退《あとずさ》り。群集が「兵隊さん嬉しい夕クサン・ジョウトウ」と拍手をくれた。今でも忘れ得ぬ楽しい思い出。帰路、現地の人は母さん質に入れても食べると言われている「ドリアン」を試食したが、なんと強烈な…変な匂い、捨てた。

待望の軍酒保に徒党を組み押し掛け、売店に立寄ると可愛い現地娘の「イラッシャイマセ」に驚く。撃沈された英艦から引上げられた物ほか、なんとふんどしまで売っていて品物は豊富、鰐《わに》皮の財布を奮発して買った。騒々しいホールに入ると舞台でチャイナ服姿の美人が「蘇州夜曲」を歌っている。嬌声渦巻き、膝の上に女を乗せビールをラッパ飲みしている兵、泥酔しド下手なダンスでずっこ

昭和19年10月13日、シンガポールにて。マニラ転属直前に撮影（16才）

け転倒している兵、異様な雰囲気。隣席の上等兵のグループが「若いの、真面目な顔して陰気くさい、呑んでもっと陽気になれ、お前達だって何時激戦地へ飛ばされるか判らんぞ」と怒られる。恐る恐る訪ねる「新世界って?」、「まだ行って無いのか、ズボンを下げて行列を作る所だ、ハッハッハ」と教えてくれた。

その上等兵の予言が当り、我々もそれぞれの配属先が決まった。フィリピンのマニラに同僚の大阪出身の橘と。ところが数日後、突然高熱に見舞われ私は意識不明になって、目が覚めると当隊専属の病院にいた。「風土病のデング熱でマラリアでなくて良かったね。もう免疫がついたので心配ないですよ、転属者はマニラ便の2名を残し、皆出発しましたよ」とマニラ行きの私達を残して皆出発した事を年配の看護婦さんから告げられる。後で分かることだが此の赴任延期で戦死を免れる。退院時に冷たいマンゴーを頂き、お世話になった白い帽子に鮮やかな赤十字マークの看護婦さん、戦友会名簿に名前なし。ご存命であれば100歳前後か。

ルソン島マニラへ、ここは危険だと追い出されサイゴンへ

フィリピンはルソン島、ミンダナオ島などの4つの大きな島と無数の小島

MC2型と同型機

から成りマニラは最大の島ルソン島の首都。この頃の戦況は、昭和19年7月サイパン島守備隊が19日間の攻防の末玉砕。パラオのペリリュー島での戦いは約70日に及ぶ激戦の末11月24日玉砕。マニラにも空襲が始まっていて、米軍はレイテ島に10月20日に上陸。

暫《しば》く運航が途絶えていたマニラ便だったが、昭和19年10月に輸送機（ＭＣ２型機）でマニラに向けてシンガポールを飛びたった。しかし、右エンジン不調で引き返す。

数日後再び出発。積荷は缶詰・医薬品・鉄兜・恩賜《おんし》の煙草・郵便袋・慰問袋。上空からマニラ空港を見下ろすと航空機や人影がない。着陸するとピットから将校が自転車で駆け付け、飛行機を下りた我々を見つけると「なんだお前ら、貨物だけと聞いてるぞ」、「死にに来たのか、荷物降ろし直ぐ退避しろ！」ろくに給油も受けず直ぐ離陸した。

機長判断でサイゴンへ向かう（南方全域で一番戦火なく安全地域）、現在と比べ電子化された誘導施設ある訳なし、全て乗員の腕で乗り切る。航法士は方探で当隊の「ハノイ～バンコク」の電波をキャッチし交点を結び本機の位置を確認し、分度器の様なもので偏流計算し航路を修正。無線士の気象情報入手は、これがなんと「三数字暗号」を無視して平文一文字暗号、「キ（気象）」、「セ（晴天）」。敵さん解読不能で表彰もの、これぞ

「たくさん・たくさん上等」。機関士がフラップの上げ下げを行ない機長指示と見事な連係プレーに目を見張る。機内に不時着時用の備え付けチョコがあり、皆で分ける。これが最後のマニラ便になってのお別れチョコだった。

ところで、機内に「汚物用」と書かれたバケツが有り、便器室使用不可と勘違いして幸い小用のみした。戦友会で偶然便器の話題になり、貨物量が多い時に便器室まで貨物が詰め込まれ使用不能になる事があった。元搭乗員曰《いわ》く「俺、乗務の時に使用できず、止むを得ず通信筒投下用の蓋《ふた》を開け小用を足したが逆風に煽《あお》られ小便まみれになった」と聞き大爆笑。復員2年後、偶然にその時の柳通信士と出会い驚く。なんと勤務地こそ違うも同じ電気通信省、再会を喜び話は尽きなかった。

サイゴン（現ホーチミン市）　**信部隊**

幸運に恵まれマニラからサイゴンに着き、軍航の半地下の通信室で着任報告、「マニラから追い返され只今到着しました」と敬礼。小肥りの細井上官、優しく迎え「連絡有り承知、命拾いして良かった、先ず宿舎に案内させる」。京本上官に案内してもらう。フランス軍より接収の送信所併用の豪華宿舎、なんと20人くらいの隊員にボーイとアマ

（女中）各2名がつき、上げ膳据え膳で何でもやってくれて殿様気分、昭南島と同じ雰囲気。水洗トイレに不思議な物あり、アマに尋ねるとビデと教えられ笑われる。広い構内に捕虜のインド兵30人程「マスター・コンニチワ・私ラールシン」と挨拶される。彼らは右手の指を巧みに使い食事し、左手は不浄用と使い分ける。初めて見る印度人の風習。通貨はフランス統治時代からの価値あるピアストル通貨。

通信室は暗号手を含め常時4～5名の24時間体制、3交代制。受信機は仏軍より接収の高性能全波（オールウェーブ）受信機はとても扱い易い。2席の通信台で10分間隔で各局と交信する。雷《かみなり》空電、妨害電波、混信など悪条件下での受信で、電文の最初の4つの数字を誤受信すると暗号が解読不能になる。沖縄出身の暗号手が「へぼ通信士」と怒鳴る、「敵さんに聞け！」とやり返すと全員大爆笑でチョン。暗号文は敵さんに解読されているとの情報、不思議？敵さんに教えてもらいたい。次の交信時に解読不能文も再受信するが手後れ、役立たず電文。交信時間が短く電報山積み、飯食う暇もなくバナナ食いながら電

サイゴンの宿舎、柳機上通信士

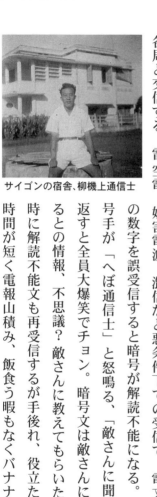

鍵を叩く。

厳しい戦況にも危機感薄く、休日は当隊特権の私服に着替えシクロ（客前乗せ人力三輪車）に乗り当時、小パリーと歌われていた街、カテナ通りに遊びに行く。活気溢れ平和そのもの。民族衣装アオザイ姿の女性、日本製作の宣撫工作映画『マレーの虎』を鑑賞後フランス風の高級レストランに入ったが、メニューを見てもチンプンカンプン。辺りを見渡し指差し「あれ」とオーダー、恥ずかしかった。帰路のシクロが、勝手に裏道に入るとなんと私娼窟《ししょうくつ》で「ショウハイ上等」と手招きでシクロに合図し、降ろされる。シクロと女らとグルの様子、「危ない」と早々に逃げた。このような戦地にあるまじきお遊びも束の間、戦況が緊迫し取り巻く情勢がらりと変る。

突然、陸軍二等兵になる

昭和20年6月1日、「今日から陸軍二等兵」と突然告げられ「えっ？」と驚く。今、思えば沖縄県が米軍に占領されつつあり、覚悟を決めろと言うことか。星一つの階級章と仏軍からの戦利品の弾なしの錆ついた小銃を支給されるが菊のご紋章がなくて幸い、一度油を塗って終り。慰問袋も支給された。出勤時に軍航入口の衛門で顔見知りの衛兵が全て上官となり、私が敬礼するとニヤリとされるが「南航さん」の愛称で変らず呼ばれる。

20年1月に米軍はフィリピンのルソン島に上陸し、３月にマニラ市は完全占領された。懸命な呼出しにも応答のなかった南航隊の『マニラ』から微弱電波が入感、私が「マニラ出た！」と叫ぶと上官は私を押しのけ電鍵握った。全員聞き耳立てる。生文で「我レ山中ニ転進ス」、上官すかさず生文で「頑張れ」と打電するも了解信号（・－・）なし。再三呼び出すも応答なく悲壮な通信は僅か30秒足らずで終った。全員呆然となり頭を垂れる。本来なら自分の転属地、１１００ＫＨｚ《キロヘルツ》、呼出し符号『イセキ』に思いを馳せ、思わず涙がポロリ。続いてビルマ局も同じ運命を辿った。

信じられない奇跡が起る。旭川出身で同僚の幅口が、ビルマを脱出してバンコクの飛行場で当隊機を見つけて乗せてもらい、疲れ果てた無残な姿で、虱《しらみ》を土産にサイゴンに生還してきた。皆驚く。早速、風呂、めし、着替え、そして熟睡した。戦火もなく、平穏な当隊を見て喜ぶと思いきや、目をさますと「貴様ら！　たるんでいる！」と突然怒鳴る。地獄から天国、羨ましさ一杯と嬉しさ一杯の言葉か。辛かったろう、ご苦労さん。

隣の、軍の無線室からスピーカー音が聞こえる。再三に渡り「くろがね〜くろがね」と無線電話で呼出しの音声が聞こえるも飛行機からは応答なき模様。静寂に戻る。何処も同じか戦況不利、ひしひしと伝わる。来るべき時が来たのか、皆、覚悟を決める。

当隊は非戦闘部隊で、戦況不利の予想地からは即時転進するが、前述のマニラと同様にビルマも残念ながら救出不可能で、止むを得ず現地に残留した隊員は、飢えと病に侵され、さぞ無念だったろう。更に遺骨も帰らず痛恨の極みだ。（復員後、上京の都度、靖国神社に参拝し、心の中で電鍵を叩きご冥福を祈る）。

情報は早い。宿舎前の客待ちシクロが姿を消し、捕虜のグルカ兵もそっぽを向く。連日敵さんの放送は「ポツダム宣言」、新型爆弾投下のニュース。口には出さねど最早、デマ放送ではなく敗戦目前かと覚悟する。宿舎の使用人は、毛布や蚊帳等を持ち逃げし、行く先暗ます。北ベトナム出身の律義者「ユー」だけが最後まで我々の面倒見る。彼は勉強家で何処で手に入れたか日本の尋常小学校一年生国語読本「サイタ・サイタ・サクラガサイタ〜ススメ・ススメ・ヘイタイススメ」と朗読する勉強家。

8月15日、敗戦、無念の日を迎える。各局を呼び出すが応答局はハノイ（現・北ベトナム）とジャカルタの2局のみ。氏名交換し、元気で再会を約束し「トトン」・「トトン」～「トン」・「トン」と名残りを惜しみ最後の電鍵を叩き閉局する。

終戦、そして米英軍の進駐

終戦を迎え理由不明だが、陸軍二等兵から元の軍属へ復帰した。流れ星胸章の手持ちがなく南航バッチのみ。宿舎は連合軍に接収され、残務整理をする部隊として飛行場内の倉庫に移る。片隅に残存の当隊の輸送機１機の焼却待ちの操縦士と機関士、他に自分ら通信士、炊事関係者を含め15名程が残留。他の隊員は抑留地サンジャック港へ移動した。惨めな生活を連想していたが、重圧から開放されたのと、当隊は金持ち部隊（軍票でなくフランス通貨で良かった）で結構旨いものを食べてのんびり生活できた。

当飛行場へ飛来一番機は米軍。なんと胴体に色彩鮮やかに描かれたベティさんの水着姿に吃驚《びっくり》、武器も持たずに降りて来た。米兵のスマートな軍服、洒落た帽子、煙草くわえる者、ガムを噛む者、談笑しながら10名程、三々五々ピットに向かう。最後尾に無線機を背負い通話中の米軍兵士に仕事柄、興味を持った。

出迎えのわが軍の将校は、半袖《そで》軍服に戦闘用帽子。将校用の黒長靴《ちょうか》を履き、肩章、腰の軍刀なしで、何か淋しげ。直立不動で敬礼後、紙を見ながら読み上げている。普段威張っていた将校が士官学校で英語を習得しなかったのか。米軍将校から握手の手を差し出されぺこりと頭下げる、その低姿勢、もっと堂々と威厳を保って欲しかった。敗戦の屈辱を味わう将校、さぞ悔しかったろうと思うが、遠くで眺めていた我等は、涙がポロリ。終戦にほっとする反面、此の場面を目撃し、複雑な思いの17歳少年兵。

続いて飛来の英軍中型機は、胴体に赤白青の三色の丸のマーク。着陸後、機体の下で整然と隊列を組む。帽子は、日本軍の将校と類似。米兵は上着をズボンに押し込むが、英兵は垂らす。英軍で驚いたのは先頭の２人のチェックの派手なスカート姿、三角の小旗を上下に振り、続く兵士は袋を小脇に抱え、押しながらクラリネットの様な笛で曲を奏でる(バックパイプと後でわかる)。続く兵士は一糸乱れぬ歩調で行進、整然とした隊列に目を見張る。お国柄の違いか、ヤンキーとジェントルマン。

更に翌日、米軍大型４発機が飛来、後部扉から小型軍用車が数台降ろされる。聞く所によれば階段でも昇れるジープと聞き驚く。我々、軍航滞在中には、元統治国フランス軍機の飛来はなかった。

米軍からの飛行命令、ついでに日の丸機で収容所を激励

進駐に伴い、当隊の残存機が発見され、突然、連合軍から命令。サイゴンとシンガポール間の物資輸送飛行だった。予期せぬ戦後初の公認飛行の運航連絡を手伝う。垂直尾翼に南航隊の青色斜めマーク、日の丸の南航機、再び大空に羽撃《はばた》く。

通信連絡と言っても事前に決められた符号により到着時間の通知くらい。気象情報は出発前に入手、何かあれば万国共通のQ符号。戦時中とは違い攻撃される心配もなくのんびり飛行。シンガポールに物資を届け、帰路は貨物の外《ほか》、白色や現地人と思われる正体不明の数人の若い女性客を乗せ飛び立つ。

勝手知ったる航路、機長の独断で抑留地のサンジャックへ迂回し、超低空飛行で窓から手を振ると、突然の日の丸機に大勢の抑留者が喚声を上げ手を振り、喜び、巡視中の仏軍兵士も吃驚《びっくり》。戦友会で記憶が蘇《よみがえ》り話題が弾んだ。今を溯《さかのぼ》る事70年前のエピソード。

サイゴンでの残務整理も終り抑留地のサンジャックへ移動する車両の手配中に、突然、仏軍からメコン川での使役の命令がきた。なんと艀《はしけ》からお米50キログラム入りアンペラ袋を担いで陸揚げする作業だった。体力不足で力尽き、歩み板から悪臭と汚物が浮

く川へ転落したが同僚に助けられた。数日後、朗報が届いた。他隊と一緒に抑留地へ向かうことになった。平成2年の朝日新聞社発行『戦争体験者の貴重な証言』という冊子を偶然発見する。その証言によると戦後、我が隊と同様な任務の航空隊がいて、九七式重爆撃機を使用し、バンコク方面で活躍したという記事を見て驚く。当時の話を聞きたくて早速投稿者の松本市、植木弥七様（93歳位）を探すも所在不明、連絡とれず、残念。

サンジャック　抑留生活

復員待ちのサンジャックは農業と漁業主体の村。宿舎は舞台付きの劇場、多くの兵士と同居、完全日本軍の自治。仏《フランス》軍の管理下なれど棚ぼた戦勝国の力弱く、カーキ色赤ボンボリのベレー帽兵士、日に数回のお義理巡視のみ。各隊炊事は別、当隊の炊事は元板前さんと他に手伝い2人。自分も1ヵ月程当番当り、近くの井戸は少々塩分があるので飯用には遠くの井戸から天秤棒《てんびん》を担ぎ水を運んだ。水汲み専門なれど帰路半分こぼす。

抑留中の兵士は様々な職業経験を生かし自治に支障なし。だぶだぶの軍服のサイズ合わせは当隊元テイラー小笠原上官に依頼すると、隠し持っていた新品を手直し、感謝。入隊時の「服に体を合わせろ」を思い出す。芸人が多く月1～2回の演芸会が楽しみ。

芝居、手品、演歌、女性姿のフラダンス、全ての衣装や小道具作りに只々驚く。仏軍兵士や村人までもが見に来て大盛況。連日開催されるのは、広島出身のヤーさん上等兵が仕切る「おいちょかぶ」。背中に鮮やかな虎の入れ墨をちらつかせ「さあーさぁー張った張った、張った、張って悪いは親父の頭」と掛け金増やす。「すっとんごっとん満鉄の株（4と5を足し9）、白く咲いたは百合《ゆり》の花〜五六八山子《ごろはちやまご》（＝5＋6＋8）の茶碗かぶ」等々面白ろおかしく場を盛り立てる名博徒《ばくと》、負けた人には「おーいおい、らっきょの涙がぼーろぼろ、あんまりでかくて玉葱《たまねぎ》だ」と慰め、終りに僅かだが明日の資金を渡す太っ腹。結局のところ胴元は大儲けして、早速夜の街に消え、朝帰りとなる。

うちの娘を嫁に

サンジャック村の村長で床屋の「ドク」さんと仲良くなり、何時も遊びに行く。ある日、「日本に帰国しても焼け野原、うちの娘と結婚しフランスの再統治と北ベトナムの南下侵略に備え、民兵の通信教官になって欲しい」、高額報酬と若い娘を別に一人付けると再三に渡り懇願され困惑する。丁寧《ていねい》に断ると「帰国後、気が変ったら、何時でも帰って来い」（?）と安南語の住所メモを渡される。娘は15歳。目がぱっちり、濃いまつげ、未練がなかったと言えばウソになる17歳の少年兵。ドクさん、私のぼろ靴見て新調し、お土産に頂き感激する。また、現地人が連日宿舎に来て前述の勧誘をする。多くの兵士が残留決意し送別会が開かれ、毛布やミシンなどを持たせトラックで送り出す。

モック・ハイ

既に町の広場では元兵士の指導で、現地人リーダーの軍事訓練が始まっている。「モック・ハイ（1、2）」の掛声行進に気合が入る。我々は彼らを「モック・ハイ」と呼んだ。それから60年後の平成17年2月、NHKの特番放送で『残留元日本兵の人生』が放送され、曾孫と穏やかに暮らしている姿を見て、時の流れに感無量。ひょっとしたら自分も…。

復員、帰郷

待ちに待った復員、乗船前の荷物検査で大切な「ドクさんのメモ」と記念のピアストル紙幣が入った財布を貧乏仏軍《フランス》兵士に没収される。うず高く積まれた没収品の山々、略奪行為に怒りたいが仕方がない。４月30日乗船、船上から眺めると遠くに多くの人々。出港間近か仏軍兵士が引上げ、見送りの人々が近付く。なんと残留兵士や現地の人々の見送り、その中にドクさんと娘さんを見付けて必死で手を振った。ボーと汽笛が鳴って、船は岸壁を離れ、複雑な思い。

復員船の飯上げは、、日に1～2回、飯盒《はんごう》の蓋にめし半分位と沢庵数切れ、腹ペコの我々は甲板上でパイプの継ぎ目からポタリと落ちる油臭い水を嘗《な》め、貴重な缶詰と乾パンで飢えを凌《しの》ぐ。ある日、悲惨な光景を目撃する。空腹の兵士達が大きな釜底のこげ飯を狙って殺到し、まだ熱い釜底に落ち、数人が大火傷を負った。また、階級の上下がなくなり、いわれなき虐待を受けた元上官に仕返しする気配あり。身に覚えある者、逃げるも直ぐ捕まり、リンチを受けるも止める者なく哀れだった。ある日、死者がでた。水葬は遺体を毛布に包み汽笛一回ボーと鳴らし、遺体は海のお墓へ。祖国を目前にして、さぞ無念だったろう。全員で合掌した。

大竹入港

昭和21年5月1日、大竹入港。翌日、懐かしの母国の土を踏むと、偶然に岸壁の通りに花嫁行列を見る。皆、嬉しさのあまりお目出とうと言はず、何故か「バンザーイ、バンザーイ」と叫んだ。行列の人々は、「兵隊さんご苦労さん」と手を振り応える。空腹の兵士らは幸先良しと喜んだ。

おにぎりと復員証明証といくらかの新円を支給され、品川行きの超満員列車に乗り込む。途中、原爆の広島を通過した時、市内一面が焼け野原、道路のみくっきり浮かび上がり、まるで地図を見ているようだった。其の悲惨さに驚き全員が手を合わせた。上野で戦災孤児は哀れだった、持っていた乾パンをあげた。手持ち食料なくなり闇市でパンを買う。仙台でお婆さんから「小さい兵隊さん、ごくろうさま」と塩おにぎりを頂く、ねぎらいの言葉とおにぎりで胸が一杯になり、思わず涙がポロリとこぼれた。

青函連絡船は撃沈され一隻もなく、タグボートで波を被《かぶ》りながら函館に着いた。待ち構えていたのは虱《しらみ》退治のＤＤＴ、それを掛けられ真っ白。やっと札幌に辿り着くと、なんと若い女性の出迎えに吃驚、白石の自宅まで軍支給の雑納袋を持ってくれ、進駐軍専用車の合間に来る窓ガラスがなかったりのおんぼろチンチン電車で送られ、懐かしの我家に辿り着く。ガラリと戸を開け「只今、俺帰って来たぞ」、家族一同ポカーン、「エッ！生きて帰って来た！」と抱き付かれ涙ぐまれる。

戦後、札幌で

昭和21年5月、帰郷により先の大戦に終りを告げた。先ず銭湯へ、貴重な鯨油の茶色ザラザラ石鹸を「盗まれるな」といわれ渡された。番台に座るお婆ちゃんを見て「あー、日本だなー」と復員したのを実感した。脱衣所は混雑、衣類篭《かご》もなく順番待ち、風呂場は大混雑。垢《あか》浮く湯船の片隅にやっと割込むが洗い場空き無く諦める。お土産無く、愛用の象牙パイプを父親に渡すも、紙巻き煙草なく刻み煙草を辞書の紙で巻くか、キセルで吸う。ヤミ仕入れの銀シャリと魚の煮付けのご馳走に舌鼓み、やっぱり日本の味。ヤミ米の運搬は、警察の厳しい取締りを逃れる秘策として、米を肥《こえ》(糞尿)車に隠し、堂々と煙草を吹かし検問所を通り抜けるのが一番とか。然《しか》しこの迷案？も発覚し、警察との攻防は果てしなく続く。戦後の臭い話。没収米は労務加配米として転用されたと聞き及ぶ。

街の風景

早速仕事探し、進駐軍の日雇い形式の土方※。その後、日払い賃金上がり、「ニコヨン(日当２４０円)」と呼ばれる。

※　本人の表現は、日雇い土方

その頃の、私の見た風景は、街では「俺たちは戦勝国だ」と某国人が暴れ廻り、警察も手を出せず、ヤーさんが力づくで収める。道端では白衣の姿の傷痍軍人が、投げ銭箱を前にギターを抱え『異国の丘』などを歌う姿が悲しかった（後で偽者現れる）。また、派手な化粧のパン助（春を売る女）が米兵と巧みなパングリッシュで会話していた。皆生きる為に必死に頑張っていた時代。「♪星の流れに身を占って～今日の寝ぐらは…　人は見返る…　我身は細る～」哀れ悲しくなげやり口調で歌われる。軍放出のメチルアルコールを飲み、死者が出る。ラッキーストライクは高嶺《たかね》の花、米兵の吸殻を奪い合うものもいた。黒人米兵、大きなトランク型のラジオでジャズを流し、腰を振り振り踊る陽気な姿を眺め、日本軍との違いに驚く。

時は流れ、遅蒔《おそま》きながら、戦友会（南航会と青葉会）結成され再会に喜び、当時を偲び、話題は尽きぬ。終戦後のシンガポールは抑留地レンバン島に行く迄、現地の人々から「日本たくさん悪い、たくさん上等ない」と罵声《ばせい》を浴びせられ、略奪や糞尿を掛けられ、身に覚えのない嫌疑を掛けられ屈辱を受け、悔しい思いをしたとの話題。レンバン島には多数の兵士が抑留され、過酷な労働に加え、病に侵された人多く、大変苦労されたと初めて知る。南方全域で戦中戦後を通じ、一番楽をしたのはサイゴンと皆に羨ましがられる。

振り返れば、旧制中学での軍事教練や援農について行けず3年で中退、官立無線校へ進学するも、通信士不足で繰り上げ卒業となり、試験官もカンニングを見て見ぬ振り、学校斡旋の民間会社の中華航空を希望したが、軍の圧力で南方航空（岡９３２６部隊）に15歳で入隊。軍属〜二等兵〜軍属と、弾の下を潜《くぐ》り抜けた経験もなく、恵まれた戦地で過ごし、通信以外無知な少年兵が18歳で復員。早や87歳を迎えた今日此の頃。色褪《あ》せた資料をひもとき、先の大戦が蘇《よみがえ》る。

「少年兵 思いで綴る走馬灯」

戦友会は高齢化し、鬼籍に入る人も多く解散した。終りに戦場に於て、又戦後にあたって薨《みま》かりし方々に深く哀悼《あいとう》の意を表すと共に、ご冥福をお祈り申し上げます。

本投稿にあたり、数々のご指導を頂いた「戦争体験を正しく伝える会」代表、山口裕史氏に厚くお礼を申し上げます。

昭和16年／陸軍主計少尉任官　満ソ国境駐屯歩兵第43連隊
昭和18年／関東防衛軍一面城守備隊附（陸軍主計中尉）
昭和19年／海上機動第2旅団附（陸軍主計大尉）
昭和20年／終戦シンガポール第7方面軍司令部勤務。
　　レンバン島に一年間抑留、昭和21年7月復員25才
　　復員後、昭和21年8月、南方軍復員局勤務
平成18年春　旭日双光章を叙勲（(社)北海道消防設備協会理事長）

昭和19年の思い出

八木　忠雄（大正10年生・広島県呉市）
第2海上機動旅団　陸軍主計大尉
東京小平陸軍経理学校3期生

第19回　平成24年1月21日開催

陸軍経理学校

陸軍経理学校は陸軍士官学校と同様に経理士官を養成する学校ですが、士官学校は視力が裸眼で1・2以上必要でしたが経理学校は0・2以上で受験できるので、私は中学5年卒業前の4年生で受験して難関突破して合格しました。中学校ではうちから何人合格するかと競争していましたからレベルは高いですね。試験問題で覚えているのは、試験前に校門で待っていた時に読んだ『欧州大戦でのドイツの戦後賠償について』という問題が偶然出ましてね、運がよかったですね。

満ソ国境警備隊

昭和16年3月卒業、陸軍主計少尉任官。私は二十歳で満洲ソ連国境警備隊の徳島（第11）師団の歩兵第43連隊附に赴任し将校勤務。国境はウスリー江、北に行くと黒竜江と東満でソ連と向かい合っていて一触即発でした。要所要所に独立部隊という守備隊があったんです。関東防衛軍というのは何かあったらワッとでますが、満洲鉄道などを守るのが主な役目です。昭和16年6月の関特演（関東軍特別大演習）で、ソ連の方に攻めて出ると思っていましたが、兵は南方に移動して大東亜戦争が始まったんですよ。

昭和18年、関東防衛軍一面城守備隊附、陸軍主計中尉になりました。この頃は日本はまだまだ元気でしたね。戦争になったら川を渡ってウラジオストクを攻撃するんだと話していましたが結局、攻撃には行きませんでしたけど、ソ連の方はドイツに押されて危なかったんですよ。

満洲での慰安所の衛生管理はどうなっていたかというと、軍医じゃなく衛生兵です。問題になっている従軍慰安婦は知りませんけど、兵隊が病気になったり性病に罹《かか》ったら困りますからね。忙しく走り回ってましたよ。

朝鮮から国境越えて満洲国に入る時に関税が掛かるんですが、軍需品だと掛かりません。私が直接聞いた訳ではないですけど、支那人（満人のことか）が軍需品の検印を貰いに来た時、朝鮮人朝鮮人と馬鹿にするな俺は日本人だ、と無理な要求をしてきて困ると支那人が（経理部員に）こぼしていましたよ。

海上機動旅団

満洲の関東軍はソ連の抑えに配置されていました。それが奇態※なことに海上機動旅団という部隊を編成して南方に派遣しました。

※【奇態】どうしてそんな事が起きるのか訳が分らない様子

戦機という機会があるんですよ。「今だ！」と敵が上陸して橋頭堡《きょうとうほ》を作ろうとしているその時に、そこに突っ込んでやれば敵を負かしてやれる。敵が橋頭堡をがっちり固める前にやっつけるという部隊です。

日本海軍は飛行機でハワイを攻撃して大戦果を上げました。また、飛行機でイギリスの最新鋭戦艦※2隻をやっつけた。アメリカは戦艦から飛行機の時代に変わった事に気付いた。それからちょっと経った昭和17年（１９４２）６月、ミッドウェー海戦で日本は空母４隻と熟練した空母のパイロットを失いましたね。アメリカと戦って初めての敗北でした。その後のガダルカナルやニューギニアでの戦いなどソロモン方面の補給作戦の失敗で、10割あった海軍の戦力は極端にいうと４割くらいに落ちてしまったんです。

※最新鋭戦艦プリンス オブ ウエールズ、旧式巡洋艦を改造して近代化したレパルスの2隻をマレー沖海戦で沈めた

昭和19年

昭和19年３月私は第２海上機動旅団の経理として赴任の命令がでました。旅団長は戦車学校の校長で戦車の権威の玉田少将でした。ほとんどが現役兵の非常に優秀な６つの中隊から成っていました。

上海から出港して着いた所はフィリピンのミンダナオ島のサンボアンガという現地※人の漁業基地です。ここが機動旅団司令部で、海軍の基地があり、ここで次の命令が来るまで待機しました。匪賊討伐《ひぞくとうばつ》に行く手伝いもしました。匪賊というのは山賊みたいなアメリカ軍と組んだモロ族という土民兵ですね、討伐といっても大した事なかったですね、追っ払いに行くとパーッと逃げるんです。また、呑気《のんき》なところがありましてね、いつ戦争始まるんだろうか、とかね。

昭和19年、戦局の変化

4月頃に命令がきました。命令は東京に帰って経理学校の甲種学生に入れと。高級将校になる学校です。命令ですから、旅団も折角だから行っておいでといってくれて、私は単独で赴任しました。ちょうど来ていた飛行艇でマニラに出て、そこから輸送機代わりの軽爆撃機に乗せてもらって台湾から沖縄へ、そして東京について学校に出頭したら私が命令を受けてまもなく解除されていたのを知りました。作戦命令が忙しく人事命令なんか後回しにされたんですね。

昭和19年、戦局に大きな変化が起きました。日本の最重要の防衛戦、サイパンが6月

※ 本人の表現は土人

に攻撃されたので学校どころでは無くなったんですね。学校は1か月後に閉鎖するとのことでした。３日ほど休んですぐ、原隊に戻るべくフィリピンのマニラに向かいました。現在部隊がどこにいるか分らないのでマニラの南方軍総司令部で聞けば分るだろうと、伝手《つて》を頼って九州から飛行機を乗り継いで漸《ようや》くマニラの司令部に着きました。私の主計学校の時の教官がいてメナドに海上機動部隊の司令部があるのでそこで聞けと言われました。マニラの貨物廠《しょう》にいた同期生がクラークフィールドの飛行場まで見送りに来てくれ、セレベス島のメナドに向けて発《た》ちました。

第２方面軍司令部に行って海上機動旅団の事を訊《たず》ねると、５月にビアク島奪回《だっかい》作戦「渾《こん》作戦」で敵地ビアク島に逆上陸をかけましたが米軍に上陸を阻《はば》まれてしまいニューギニア東部へ行き全滅しましたが、残った部隊はニューギニアの西の端のソロンで戦機を窺《うかが》っているということでした。

今考えるとビアク島に逆上陸は敵が上陸して直ぐなら未《ま》だしも、橋頭堡《きょうとうほ》を築かれたら制空権は向うにあるので、上陸は無理だと思いますね。機動旅団が戦機を窺《うかが》っているというけど、喰わずや喰わずやでしょう、そこへ行く訳にもいかんし、どうしたものかと。とにかく、ソロン（東部インドネシア）、ニューギニアに近付かなければ。

ハルマヘラ

メナドから飛行機の便を探してアンボン（東部インドネシア）に着きましたら、ハルマヘラに海上機動旅団の一隊がいるらしいと聞き、ハルマヘラに向かいました。連絡用に使っている軽爆に乗り、飛行場に近づくと「危ないですから急いで降りて、すぐ防空壕へ飛び込んで下さい」といわれ、「頑張れよ」と手を振って別れ、飛行機はメナドへ飛び去りました。アメリカの戦爆連合１００機くらいがやって来て、私がタコ壺の防空壕に入るのと同時に爆撃がバンバンと始まりました。昭和19年7月頃でしょうか。

防空壕を作るのは大変ですからタコ壺のような、一人が入れる穴があちこちに空《あ》いていて、空から見えないように椰子《やし》の葉っぱで隠す、当る当らないは向う次第。これで沢山の人が助かっています。

ハルマヘラに着いた時が、９月15日に行われるアメリカのフィリピン攻撃の足場作りの、「モロタイとペリリューの同時作戦」の前哨戦が始まったんですね。ちょうど同時作戦の１ヶ月ほど前です。米軍は上陸し易くする為に爆撃を始めて、まず日本軍の高射砲をやっつけて、次に司令部らしい所を狙う、航空写真を撮っているんでしょうね。そして戦車を先頭にして兵隊がごっそりと上陸して来る。彼らをずっと見ていて、それがアメリカ軍のやり方だと思いました。

米軍はモロタイに上陸して飛行場を作り、それからハルマヘラを叩いてパラオのペリリュー島に飛行場を作ってフィリピンを攻撃する作戦です。ハルマヘラには、楓《かえで》兵団という関東軍の精鋭で元気で士気の高い部隊が1個師団、1万人以上で固めています。

ルーズベルトやり方とアメリカの若者

大統領のルーズベルトのやり方は上手かったですね。後から小説読むと、日本がこの戦争に入るように仕組んで、ハワイ攻撃は非常に彼らにとって良い宣伝になりましたね。彼らは2丁拳銃の西部劇の国ですから、こちらが構える前に撃って来よった、あんな卑怯な国はない、徹底的にやっつけてやろうと若者の気を燃やしたんですね。ケネディ大統領も海軍の物語読むとソロモンの方に来てたんですね。若い者、学生はどんどん来る。そういう現象がアメリカで起きた。アメリカの為にとアメリカの学生も日本の学生と同じで元気あったんですね。アメリカより1年遅かったですが日本もどんどん行

きました、大学生ね。（そして楓兵団の若者も気を燃やしていました）

爆　撃

海岸の方に司令部があるので、状況を聞きに行く途中で爆撃が始まるぞと空襲警報が鳴り、ひょっと横を見ると私と一緒の海上機動旅団の兵器係の曹長と暗号処理の軍曹がいた。「おー、通信士」、「おー、大尉」とお互い喜びました。下士官2人いれば鬼に金棒、非常に心強かったです。「タコ壺に入るか」、「こちらに飛び込みましょう」と少し大きい所に3人で飛び込み、通信機材をパッといれると、同時に爆撃が始まりました。爆弾がドドドド、司令部を狙っているんですから近いところです。焼夷弾《しょういだん》じゃなくて爆弾ですから、そりゃ凄い、だぁーっと砂が壕に入って来る、椰子の木がどぉーと倒れる。生きた心地がしない。こちらは高射砲も無くなった、敵は低空で飛んで来て機銃掃射が始まるとワーガーと機関砲の大きな薬莢《やっきょう》が降って来る。これも凄かった、何機も通るんです。たぶん10分くらいなんでしょうが、とても長く1時間くらいに感じました。そこから逃げると次の飛行機にしっかり狙われている感じがするんですね。怖かったです。

その経験は、今思い出しても、あの時、死んだと思えば何でもできる、それが一つの、私の牽引車《けんいんしゃ》になりましたね。人間いろいろあると思います。商売始めて苦しい時、あの場面がパッと浮かんで「あの時、死んだと思えば何でもできる」と頑張りました。

この爆撃で参謀長が亡くなったのは米軍にとって戦果だと思います。海上第２機動旅団の輸送隊は司令部から離れた山にいたので船舶工兵主体の約２００名は全員助かりました。

命令が出ました、すぐジャワの方に来いと。命《いのち》は鴻毛《こうもう》よりも軽し、義は泰山《たいざん》より重いんです。軍人は命令で動きます。ハルマヘラからセレベスの間のモルッカ海峡が凄い波なんです。しかし、命令ですからそこへ行って次の命令を待とうと。夜中に出る輸送船に乗せてもらおうと思いましたが、輸送船より漁船の方が発見されにくいのか軍曹が漁船の方がいいと言うので、「ではそうしよう」と３人で漁船に乗りました。米軍はこちらがどう動くか情報を知っているようです。夜中だというのに飛行機で来て照明弾を落とし攻撃してきました。当ったら全員戦死、どうにか波の荒いモルッカ海峡を切り抜けてメナドに着きました。

物資補給

物資を何度も何度も送るけど沈められてしまう。貨物廠《しょう》の宇山さんが「物資全部やられた、船がぼーっと燃えてるんだ」とがっかりしていました。東部ニューギニアに送る物資を積んだ第2海上旅団の大きな輸送船が全部やられました。被服も米も、やっと作らせた羊羹《ようかん》も何もかも全部ですよ。羊羹はね「おー、羊羹だ」と兵隊皆が喜んでくれると思ってね。

この頃になると、米軍は昼間堂々と攻撃を仕掛けて来る、攻撃の仕方を見ても彼らには余裕があるんですね。やつらは日曜とったよなんて余裕ある状態の戦争でしょう、我々は日曜も月曜もない状態になってきましたね。

南方第2方面軍

セレベス島のメナドに着きました。命令は海上機動旅団から離れて「第2方面軍に転任せよ」。旅団からいきなり方面軍の経理で、師団も軍も通り越して方面軍ですから、これは頑張らなければ、忙しいなと思いました。行動を共にしていた兵器係と通信係の下士官はそれぞれの部署に入りました。

第2方面軍経理部、司令官は、有名な、阿南惟幾《あなみこれちか》（中将）さん。私は管理部でしたから、副官、司令官と直接接触しました。温厚な、しかも毅然《きぜん》とした方でした。昭和19年の終わりに転任され航空総監になられて、それから、最後の陸軍大臣になり責任をとって自決されましたけど立派な方でした。息子さんも陸軍士官学校を出た立派な方で、昭和20年に入ってすぐ内地の方へ転任されて亡くなられました。

私は昭和20年の8月に「南方総軍司令部に転任」を命じられました。その理由はすぐ分りましたね。本土防衛ですよ。総司令官の寺内（寿一大将）さんだけ残して参謀長、副参謀長ほか重要な人達は全部、本州に帰れと、もう危ないと。抜けた穴には第2方面軍が入ると。

終戦

私の赴任先はサイゴン（現ホーチミン市）です。軍医部長らと3人で飛行場を発ちました。次に着陸する飛行場には呑み仲間の飛行整備班長がいて、会うのを楽しみにしていました。飛行場に着くと整備班長が駆け寄ってきて「八木大尉、終りました終りました」というので「何が終った？」、「戦争が終りました」、「ばかもの、そんな事あるわけないだろ」、「2、3日前から町でハーフカスどもが街で騒いるんですよ、日本負けた、今にオランダ軍がやってきて日本軍をやっつけると騒いでるんですよ」、「え、そうなの？　本当に終ったのかなぁ」。ハーフカスとはオランダ人と現地人の混血児※でハーフとかクォーターとかその半分か何分の1か、良く分らない混血児のことですね。ところが彼らがそんなことを言ってる状況なので本当に戦争は終ったのかなと。本当に終ってたんですね。私は玉音放送とか聴くことが出来なかったので終戦は知りませんでした。

連合軍の命令で飛行停止になり飛行機は飛ぶ事ができなくなり、大急ぎで汽車や船を使いサイゴンに向かったんですが、シンガポールから先にはいけなくなっていました。

第7方面軍

シンガポールには第7方面軍司令部があって、板垣さん※2（征四郎大将）が司令官、私は経理部で終戦業務したんですよ。南馬来（マレー）軍司令部というのを作ってシンガポールの部隊は全部レンバン島に集結してくれと言われましてね。

シンガポールの部隊には昭和20年から22年くらいまでいました。シンガポールの町を掃除させられたり、いろんなことがあったけど、戦争が終って、皆「やれやれ、早く国

※本人の表現はあいの子

※2 板垣 征四郎大将　関東軍参謀として満洲事変を首謀した一人

に帰りたい」といった感じでした。支那事変からずっと長い間、戦争やってた部隊もありましたからね。戦争疲れですよね、友達も亡くなってるしね。

鉄道隊の者で戦犯にされて処刑されたのもいました。イギリスの東洋支配の牙城《がじょう》シンガポールを山下奉文《ともゆき》将軍は「無条件降伏イエスかノーか」、「イエス」で降伏させ、進出した時に鉄道隊も活躍しました。鉄道隊はタイとビルマを結ぶ路線、泰麺《たいめん》※鉄道を作ったんです。労働力が足りなくて向うの捕虜も動員したので、捕虜虐待の罪で鉄道に関与した日本兵を捕まえる指令が出たのです。捕虜だった兵隊の前を日本兵がぞろぞろと通って捕虜に「こいつとあいつ」と言われたら捕まる。顔見られないよう下を向いて、聞かれても泰麺鉄道のたの字も絶対言うな、と。引っ張られたら刑務所へ送られるぞと。間違いを起した訳でも無い、罪の無い者を裁く国際裁判とか無茶苦茶です。

レンバン島

レンバン島はイギリス軍の管轄の小さな無人島で、彼らは日本軍が怖いので、戦争終ってまたがたがたにされたら困るもんだから、小さな島にマレー方面軍７万人を集結させたんですよ。シンガポール、マレー、ニコバル、アンダマン、ジャワ島の陸海軍部

※泰＝タイ、麺＝ビルマ

隊約20万人がレンバン島に抑留されたんです。食料がすぐに無くなり食料なければたまらないということで英軍と交渉しました。栄養失調で倒れそうになりながらも少尉が英文タイプを打っていた、その姿が神々しくて思わず手を合わせたくなりました。農耕班、漁労班も組織されて、弾が降ってこないので皆、生き生きと漁をしていました。

抑留者となって約1年ほどレンバン島にいたんですが、ソ連と違って、早く帰してやれということで半年後くらいから少しずつ帰国して1年くらいで皆帰りました。

主計として一言

向こうがどんな糧食を食べているか気になりました。アメリカ軍のジャングルレーションとパシフィッククレーションが配られたんです。奴らこんなもん喰って戦争してたのかと吃驚《びっくり》しました。ジャングルレーションは湿気ったりカビたりしないように缶詰めの中が缶詰めになっていて、バターとかチーズとか、煙草まで入ってる。日本は米とか携帯糧食とかで、このようなものはなかった。これは主計の勉強不足ですね。

これも伝えておきたい

天皇陛下はマッカーサーの所へ行って、私はどのような処分を受けてもいい、この戦争の全ての責任は私にある。国民に食料を与えて欲しい、餓死だけはさせないでくれ、と。これが私の全ての財産だと皇室の財産目録を侍従に持たせてたということですね。マッカーサーはびっくりしました。天皇がここまで国民の事を思っている事に驚き、憎しみが尊敬の念に変わりました。日本と言う国は天皇陛下をたてる国だ、と。

私は陛下のお気持ちが分るような気がしますけどね。我々軍人は軍人勅諭《ちょくゆ》でわが国の軍隊は天皇の軍隊で、上官の命令は軍曹の命令も全部天皇陛下の命令で、何ひとつ、皆全て私に責任があると。中国、ソ連、他が天皇陛下を裁判に呼びだして処刑しろ、でもマッカーサーがそれはだめだ、この国を統治するのは天皇陛下だと。もし、手を掛けたら酷《ひど》い目にあうぞ、と。マッカーサーは日本を知っていたのでしょうね。

それと、連合軍としては極東軍事裁判の法廷に呼んではいけなかった人間が、大犯罪人、山形県出身で満州事変を勃発《ぼっぱつ》させた張本人、五族協和の立派な世界のお手本になる国家を作るといっていた石原莞爾《いしはらかんじ》。「俺を裁判になぜ呼ばないのか」と言ってるのに、東京軍事法廷に呼ばなかったんですね。インド人の判事がこんな国際裁判意味が無いと言ってましたけど、勝者が敗者を裁く裁判はやっては行けない事ですね。

占守島《しゅむしゅとう》の戦《たたか》いとは、終戦から三日経った8月18日に、天皇の詔勅《しょうちょく》に従い武装解除《ぶそうかいじょ》を進めていた千島列島《ちしまれっとう》最北端の島「占守島《しゅむしゅとう》」の日本軍に対し、ソ連軍が突然上陸《とつぜんじょうりく》、攻撃《こうげき》をかけてきた戦いのことです。

平成２年占守島慰霊祭で武蔵哲氏撮影

ソ連の北海道侵略を阻止
少年戦車兵の「占守島の戦い」

小田　英孝（昭和3年2月生）

戦車第十一連隊　士魂部隊

少年戦車兵、陸軍伍長

第10回　平成25年3月11日
小田英孝氏（右・講話中）武蔵哲氏（左・横向着席）

根室中学校4年在学中に陸軍少年戦車兵学校に合格し、昭和18年12月に入校、20年1月に卒業、2月に千島列島の最北端、占守島《しゅむしゅとう》の戦車11連隊、第4中隊に配属されました。第十一を「士《武士の士》」と書いて士魂《しこん》部隊と呼びます。私の第4中隊は満洲から硫黄島に行く予定でしたが占守島に抽出されたということです。占守島は時差マイナス2時間、夏場でも気温が15度を上回ることがありません。ここら辺は低気圧の墓場と呼ばれ暖流が通っていて日中は濃霧に覆《おお》われ、冬場は零下15度程度で湿った雪が吹き付け雪は電信柱が埋まるほど積もり、兵舎からトンネルを掘るようにして外にでます。年間を通じて風速30メートルの風が吹く時もあります。

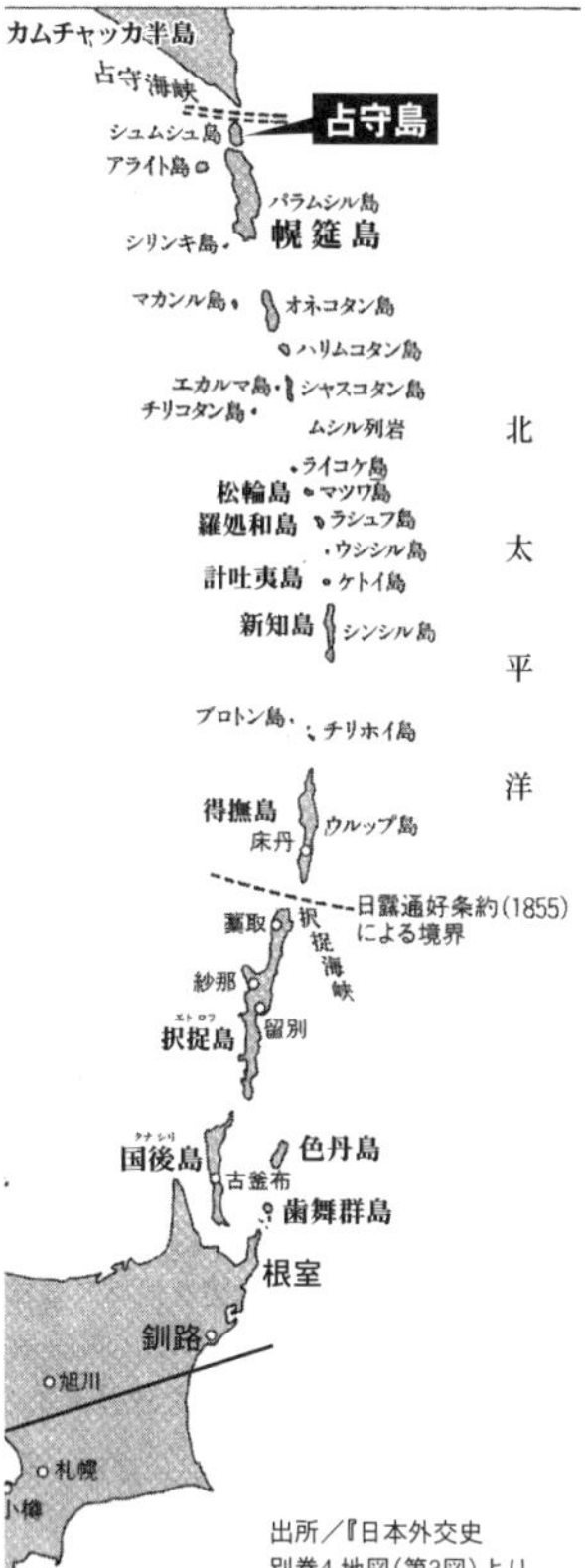

出所／『日本外交史
別巻4 地図(第3図)より

終戦後、この島にソ連軍が攻めて来ました。目的は千島から北海道の釧路市から留萌市を結ぶ北半分を9月1日までに占領するためですが（『領土問題の真実』水間政憲著）、そんなことを私達が知る由もありません。

終戦

昭和20年8月15日、中隊長より「本日正午に天皇陛下のお言葉があるので、業務に差し支えの無い者は兵舎前に集合すべし」、との命令があり何事かと半数近くの第4中隊員が集合して中隊長車の通信手の小谷軍曹（帯広出身）の操作する無線機を見つめておりましたが、ガーガーと言うだけでさっぱり判《わか》らず、「あとで判れば伝える」とのことで解散しました。夕食後、同盟通信から無線が入ったらしく、先ほどの陛下のお言葉は日本が無条件降伏したのだという話が広まりました。

翌日の早朝、集合が掛かり、中隊長から「ポツダム宣言を受け入れ日本は無条件降伏をした」、今日の作業は取りやめて別命を待て、との事で解散しました。国力の差だ、仕方の無い事だと皆言って大した混乱もありませんでした。

私の第4中隊は休養をとれとの命令でしたが、他の中隊は、武装解除して米軍に武器を渡すので恥ずかしくないよう整備するようにとの命令で、戦車から燃料を抜いたり、大砲や機関銃や無線機を取り外したり、弾薬を地中に埋めたりの作業のようです。

私は漁労班の撤収準備のため明日、18日の早朝に出発する命令を受けました。夕食は中隊長以下の全員が兵舎に集って残念会の宴会でした。故郷へ帰ったらどうするのか、仕事は何をしているのか、早く家に帰りたいな、など皆故郷を思い出し他愛も無い話しをしていました。

私は中座して、早朝出発する2両の戦車のエンジンを温めるため、22時頃に兵舎から300メートルほど離れた戦車壕《ごう》に歩いて行き、間欠始動を1時間ほど行って兵舎に戻ろうとしたら濃霧で方角が判らなくなり暫《しばら》く彷徨《さまよ》い歩いていた時、国端崎《こくたんざき》方面から地響きか砲弾の落ちた様なドンドンという音が絶え間なく聞こえました。兵舎に戻り、砲撃音を中隊長に報告するように不寝番に頼んで休みました。

敵襲

3時近くに「敵襲だ！直ぐ戦闘準備にかかれ！」と非常呼集が掛かり、私達は戦車3両で直ちに出発しました。伊藤中隊長には池田連隊長から斥候《せっこう》の命令がでていました。

「本日未明、敵は竹田浜に上陸、目下戦闘中、国籍不明」と堤師団長に連絡が入り、堤師団長は「米軍の軍使が夜中にこっそりと砲撃しながら上陸してくることはない」と判断。札幌の第五方面軍司令官・樋口季一郎《ひぐちきいちろう》中将は師団長から報告を受けて「自衛のための戦闘は妨げず」暫《しば》くして「断固、上陸軍を粉砕せよ」と下命。午前2時半、師団長から戦車第十一連隊長、池田末男大佐は戦闘配備の命令を受け、戦車第4中隊長、伊藤力男大尉に偵察の出動を命じました。

偵察

先頭を走る中隊長車の早いこと、付いて行くのがやっとでした。国端崎《こくたん》方面に向っていましたが、四嶺山《しれいざん》を通り越し豊城川《とよしろがわ》の橋を渡った所で中隊長車が急に反転し、私達が橋の上にいるもかかわらず腕を回して反転せよと言っています。敵が速射砲（対戦車砲）を取り付けているのを発見したそうです。中隊長は四嶺山南端の男体山に戦車を止め、戦車長（以下車長）たちと徒歩で移動しながら双眼鏡で偵察していました。その間私達は、遥《はる》か竹田浜の辺りを眺めていると砲声が聞こえ砲煙が立ち上り戦闘状態のようで、まるで戦争映画を見ているような風景でした。

偵察を終えて兵舎前広場に戻り、中隊長の伊藤大尉は直ちに斥候《せっこう》の状況を本部の池田連隊長に報告、「国端碕の敵は、さかんに自走砲《じそうほう》や重火器を揚陸《ようりく》中なるも戦車は無し。

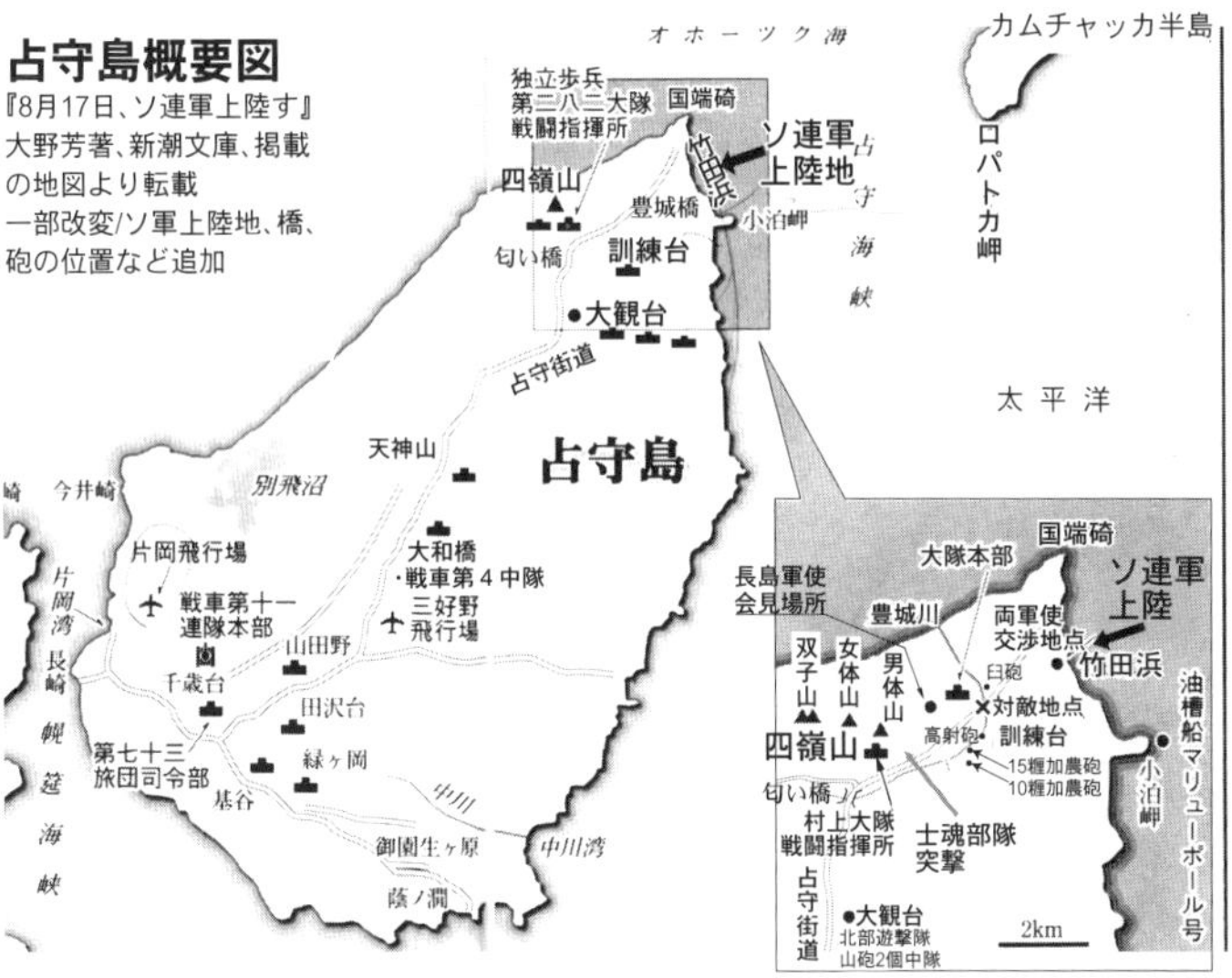

占守島概要図
『8月17日、ソ連軍上陸す』大野芳著、新潮文庫、掲載の地図より転載
一部改変/ソ軍上陸地、橋、砲の位置など追加

街道を進撃する敵は二手に別れ四嶺山に半個中隊が取り付き、一方は大観台に浸透中。村上大隊は敵陣に孤立しているもよう」。中隊の指揮は中隊長から第一小隊長岡田中尉に変わりました。

　中隊長が報告をしている間、私は川から水筒の水を汲《く》んできて消毒用に征露丸を2個入れて用意しました。炊事場の方で人声がするので行ってみると「飯が間に合わないのなら甘味品でも何でも持たせろ」、板垣曹長が、炊事班長の宗田曹長と言い合っています。「食料倉庫の鍵は中隊長の許可が要るので渡せない」、「ふざけるな、これから戦闘するのに空きっ腹で戦えるか、中隊長は手が離せない時だ、お前を撃ち殺してでも開ける」と拳銃を向けると、その迫力に怖《お》じけづいたのか渋々鍵を渡しました。すでに敵が来ていると言うのに、炊事班の戦闘任務はメシを作ることではないか、と思いました。倉庫が開いたので糧食のほか羊羹《ようかん》や黍団子《きびだんご》の箱を車内狭しと積み込みました。

天神山《てんじんやま》に集合

集合場所の天神山には、我が第４中隊の軽戦車と中戦車11両を含めて全部で20数輛程が集りましたが、他の戦車は未《ま》だ到着していません。武装解除の命令で戦車から外した無線機や機関銃を取り付けたり、給油や砲弾を積み込んだりしているのでしょう。

この頃、竹田浜では上陸してくるソ連兵を高射砲部隊が水兵射撃で攻撃し、速射砲部隊はソ連の艦艇を攻撃していました。四嶺山では、村上大隊が応戦して立ち向かっていますが人数も武器も圧倒的に不利で、どんどんソ連兵が浸透していました。

四嶺山《しれいざん》へ

天神山から出撃し、連隊長車に後続して四嶺山に近付くと稜線上や、あちこちの草原に敵兵らしき人影が沢山見えます。私は前方銃手なので機関銃の眼鏡と操縦手の前扉

（軽戦車の前扉は人が出入り出来る大きさ）からと両方で見ていました。直ちに連隊長以下部署を決めて突っ込みました。我が４中隊は山の右裾《すそ》の街道の左側を進み、暫《しばら》く進むとガンコウランの草原を過ぎ榛《はん》の木の中に入りました。

車長の宮澤曹長が「前に敵が一杯いる」と戦車砲を打ち始めました。操縦手も私もハイマツや榛の木の葉っぱで前方が見えない、すると「何処でもいいから前方を撃て」といわれ、教範どうりに三発点射を続けると「当っている、続けて撃て」と叫ぶので、どんどん撃ち進みました。

私の前方近くの10サンチ加農砲がようやく復旧して敵を撃ちまくっています。その300メートルほど山の上にある15サンチ加農砲が12キロ対岸のカムチャッカ半島のロパトカ要塞砲台の火薬庫に命中させ、大爆発が起き煙が上っているのが見えました。３発目で砲台４門を沈黙させました。凄いもんです。狭い戦車の中は、硝煙の煙と焼けた薬莢の凄い熱さで息も出来ません。撃ちながら「扇風機でも付けないと」と考えました。

池田連隊長の訓示

中隊が四嶺山《しれいざん》の麓《ふもと》に戻ると、連隊の戦車も次々と戻って来て、やがて連隊長車も戦死者らしき人を乗せて戻ってきました。日の丸の旗を掲げて出撃した指揮班長の丹生少佐でした。その内に装備を整えた出発の遅れた戦車が次々に到着しましたが、戦車隊と一緒に行動する歩兵と工兵がまだ到着していません。

連隊長の「車長以上集合！」の命令で車長が出て行きました。待機している間、私と金谷軍曹は羊羹《ようかん》を齧《かじ》りながら空になった薬莢を戦車の外に捨てていました。

暫くして車長は戻って来ました。出て行く時とまるで雰囲気が違っていて「これはただ事ではない」、車長たちは池田連隊長の訓示を聞き、切迫した状況を知って覚悟を決めたようです。私達も覚悟を決めました。

池田連隊長は、第1回目の戦闘を終えて、この戦いは尋常では無い事を実感されたのだと思います。

四嶺山は標高180メートル程の小高い山になっていて占守島全体を見渡せるので、ソ連軍に四嶺山の戦闘指揮所をとられたら最後、壕の中に重火器を運びこまれ敵は強力な火器で自由自在にこちらを砲撃して夥《おびただ》しい人数で押して来る。そうなると奪回《だっかい》は難しい。一刻の猶予もない。歩兵を待たず戦車部隊のみで攻撃する、玉砕覚悟の特攻攻撃で敵を水際に追いやり撃滅する、と、連隊長は決断されたようです。

そして池田連隊長は車長達に語りかけました。

「われわれは大詔《たいしょう》を奉じ家郷《かきょう》に帰る日を胸に、ひたすら終戦業務に努めてきた。しかし、ことここに到った。もはや降魔《こうま》の剣《けん》を振るうほかはない。そこで皆に敢《あ》えて問う。諸子はいま、赤穂浪士《あこうろうし》となり恥を忍んでも将来に仇《あだ》を報ぜんとするか、あるいは白虎《びゃっこ》隊《たい》となり玉砕《ぎょくさい》をもって民族の防波堤となり、後世《こうせい》の歴史に問わんとするか。赤穂浪士たらんとする者は一歩前にでよ。白虎隊たらんとするものは手を挙げよ」

「おう！」と全員が挙手しました。不思議な事に、急に霧が晴れて挙手している車長全員の姿がはっきり見えたとのことです。ちょうど私達が戦車の外へ薬莢を出していた時、今までおぼろにしか見えなかった金谷軍曹の顔がはっきり見えた時だと思います。

全員が玉砕をもって民族の防波堤となり、戦死の意義は後世の歴史が評価する、と。

戦闘部署を指示されて、戦車に戻って来た車長が「連隊長は死ぬ気のようだ」と言います。見ると、連隊長は日の丸の鉢巻をして上着を脱ぎ、ワイシャツ姿で砲塔に上半身を乗り出して男体山と女体山の間の鞍部《あんぶ》に向けて上っていくと、また急に霧がひどくなりましたが、かまわず登って行きました。

2回目の攻撃が始まります。

我が第4中隊は右翼から来る敵と訓練台の高射砲の掩護《えんご》射撃を命ぜられました。戦車隊の進撃を阻《はば》むソ連兵、竹田浜から四嶺山に向けて来るソ連兵に高射砲が水平射撃を繰り返します。その威力は素晴らしく一発で十人余りが吹っ飛んでいきます。敵兵は訓練台の高射砲を制圧しようと襲い掛かってきますが、我が砲と機銃を思いっきり乱射して高射砲を掩護《えんご》します。撃てども撃てども敵は次々とやってきて、どんどん突っ込んできます。ロ助野郎と馬鹿にしていましたが、敢闘《かんとう》精神は素晴らしいものでした。

操縦手の金谷軍曹は「目標、3時の方向敵10名、12時の方向、砲門あり」と次から次と車長と私に目標を的確に示し、かつ「今我が臼砲《きゅうほう》が発射して半径五百メートルほどの敵が皆吹っ飛んだ」と外の状況を説明しながら空薬莢《からやっきょう》を車外に捨て、かつ敵の目標にならない様に移動を繰り返しました。お陰で戦車に小銃の弾が当る程度でした。

訓練台に向けて進撃しながら銃撃している最中に突然弾が出なくなり、見ると薬莢の尻の撃径《げっけい》の痕《あと》が小さくなっていました。「撃径が壊れたな」と、直ぐに分解し交換してスピンドル油を流れるくらい入れ修理を完了、戦車学校で目隠しして分解組み立てを練習したのがここで役ちました。やがて草原に出て敵も見えなくなりました。

敵の速射砲の威力は強力で、軽戦車の装甲を右から左に貫通させます。中型戦車の場合は貫通せずに、片方の装甲を撃ち抜かれると砲弾が戦車の中に止《とど》まり爆発するので搭乗員は即死、戦車内に肉片がこびりついている場合が多かったです。四嶺山の敵中に突進した戦車、轢《ひ》いたソ連兵の手や足が飛び散り、敵が撃つ弾が霰《あられ》のように戦車に当る激しい音で戦車内の指示命令の大声も聞き取れないほどです。

四嶺山での日本軍戦車部隊とソ連上陸軍との激突
日本軍97式中戦車新砲塔車、写真の真贋不明
http://vladislav-lit.livejournal.com/289430.htmlより
日本とロシアの友好の為に

ソ連兵と向かい合っていた村上歩兵大隊の川森正二さん（主計軍曹、伝える会第14回講話者）は長く掘った壕に横一列に並んで敵を撃っていました。敵は迫って来て腰だめに構えたマンドリン機関銃をダダダと撃つと、右と左にいた兵が撃たれて倒れました。戦闘が終わって戦場整理に行った時に一人置きに頭を撃たれて死ん

でいたのを見て、敵の射撃の上手さに驚きました。頭をあまり出さないように手榴弾を投げ、手持ちの手榴弾が無くなると戦死した隣の兵の手榴弾を投げる、敵は吹っ飛ぶが尚も進んで来る。銃を撃ちながら「これは、だめかも知れない」と思ったその時、戦車隊が山の方に現われ、横一列に並んで砲撃しながら敵を押し返し始め、その光景に「助かった」と思いました。戦車隊は竹林《ちくりん》か蟻塚《ありづか》の様にいるソ連兵の中に突き進んでいきましたが、しかし間もなく霧が濃くなって来て戦車からはソ連兵が見えなくなると戦車が放つ砲撃の閃光《せんこう》を目がけてソ連兵が対戦車ライフルを撃ちはじめると擱座《かくざ》する戦車が続出です。しかし、戦車は怯《ひる》まず攻撃し続けた。

山本戦死、戦死者続出

暫《しば》らくして、戦車が2両こちらの近くに停まり一人が降りてきて「小田は何処だ！」と怒鳴っていたのは同期の日野宇三郎、「ここだ」と答えると「今そこで山本信一（静岡県出身の同期生）がやられた。渓流に突っ込んで動けなくなり砲塔銃を外《はず》して戦車を下りて敵を銃撃していたが、ソ連兵の火焔《かえん》放射を浴びて火だるまになって戦死した」と言って眼を真っ赤にしていました。戦車が被弾して走れなくなると、戦車兵は戦車から下りて拳銃や軍刀を手に切り込みをしました。敵は手榴弾や小銃で応戦してきます。最後はつかみあいの殺しあいでした。

敵に大観台との道路の切り通し《きどお》(通路)を占領され、軽戦車、中戦車がやられました。戦車地雷で擱座《かくざ》して砲塔銃を持って、逃げる敵を追っていた同期の中村伍長も戦死。我が中隊の内田准尉・指揮班長車に敵弾が貫通して操縦手吉田曹長戦死、堤軍曹は重傷。

私の戦車の砲弾が無くなり、今やられた内田指揮班長車に弾があると聞いて車長と私で弾を貰《もら》いに行きました。宮澤車長が戦車に上がって私は下で弾を受け取っていると、20発ほど下ろした時に突然、車長が戦車から転落し、見ると口から背中にかけて撃たれて血だらけです。仮包帯をして金谷軍曹と二人で戦車内に担ぎ入れました。そして、続けて弾を積み込んでいると「小田、撃たれているから隠《かく》れろ!」、辺りを見ると弾が地面にプスプスと刺さり土塊《つちくれ》立っていました。

今度は私が車長です。発射! ドン「よく当たる」、ドン「よし効果ある」、ドン「よしよし」と調子よく砲を撃ちまくっているうちに弾が切れてしまいました。

前方に伊藤中隊長車が四嶺山の頂上付近から南麓《なんろく》にかけて高射砲の援護射撃しながら

右翼の敵と戦っています。その時に貫通敵弾を受け、それでも走り続け、貫通弾を10発ほど受けた時に潤滑油タンクを打ち抜かれ白煙をあげましたが、尚も偵察指揮を続行し、ついに竹田浜を見下ろす位置で動けなくなり戦車を放棄しました。戦車を下りた中隊長がこちらにやって来て「宮澤の具合はどうか」と訊《き》いてくれ、容態を説明すると中隊長は「中隊の砲弾も少なくなったので（内田）指揮班長車を護衛して宮澤を軍医に預け、砲弾を積めるだけ積んで直ぐ来い」との命令。指揮班長車を牽引《けんいん》して押しがけし、エンジンが動いたら班長車の後ろについて戦場を後にしました。

途中、敵味方不明の戦死者が5、6名道路に倒れていて、その左側には中戦車が2両、右側には軽戦車が1両炎上していました。こちらはエンジンが故障していて止まったら動かなくなるので全車構わず死体を踏みつけながら進むと、ペッチャンコになっていた顔がプーと膨《ふく》らんで睨《にら》み付けるような顔になり、金谷操縦手は驚いて手元が狂い、左の中戦車の湿地通過用丸太のロープに引っ掛けてしまい、前進後退を繰り返しても外れないので金谷軍曹が「小田、降りて切り落とせ！」、「はい」と、頭の上を敵弾が飛んでいる中、車外に出て工具箱から手斧を取り出しロープを切り、無事脱出しました。

軍　使

前車に遅れて5分ほど走ると、道路上で新米《しんまい》の少尉が止まれの合図をしています。「何処へ行くのか」と訊《き》かれ、弾丸補給と負傷者搬送の中隊長の命令を伝えた所「ここは旅団司令部になったのだ、負傷者はすぐに手当てするので下ろせ」といわれ看護兵と一緒に宮澤車長を下ろしました。野戦病院が設営されていました。

少尉は「この戦車は旅団司令部で使うので暫《しばら》く待機せよ」と言われましたが「中隊に弾薬が無くなるので取りに行かせて欲しい」しかし、少尉は「戦闘はもう終わりなのだ、これから軍使が行くので乗せていくように」、尚もしつこく願うと「中隊長の命令と旅団長の命令と、どちらが先か」と云われ、仕方なく路外の這《は》い松の陰に戦車を停めて待機しました。休んでいる時に、倒れていたソ連兵が寝返りをうったので金谷軍曹に「山本の仇《かたき》を取って来い」と軍刀を渡されましたが、ソ連兵が降伏すれば切る必要は無い、それならばと近付くと小銃を向けて来たので叩き切った残酷な場面もありました。

暫くして呼ばれて道路上に出ると、軍使一行が出てきました。立派な大尉がいます。よく見ると柏原で赴任の際お世話になった長島大尉でした。「おー豆タン無事だったか」と私を覚えていてくれました。豆タンとは少年戦車兵のことです。

長島大尉はロシアとの停戦交渉に向かいます。「これから敵中に行くので宜しく頼む」と。通訳と軍使を車内に入れて、私は戦車の外に出て砲塔に掴《つか》まって訓練台にいる竹下大隊に向いました。敷布で作ったような大きい白旗を掲げた少尉を先頭に、一個分隊程の護衛が後について進みました。敵陣に近付いて行くとやたらと撃ってくるので、攻撃しませんよという意思表示で戦車砲を後ろに向けたら撃たれなくなりました。ところが匂橋《においばし》近くまで来ると、またやたらと撃たれ、同行している護衛の者に負傷者が続出したので、長島大尉は戦車から下りて「此処からは歩いて行くので戦車は原隊へ帰れ、ご苦労だった」と、私達をねぎらってくれました。そして大尉が渓流《けいりゅう》の傍《かたわ》らを進んで行くのを見送りました。大尉はその日、ソ連兵に身ぐるみ剥がされて書類も軍使だと証明するものも無くなり捕虜として扱われますが、命懸けで任務を果します。25歳です。

四嶺山南麓に辿《たど》り着くと、連隊の戦車は円陣を組んで休んでいました。早速中隊長に報告し、弁当と砲弾を貰って暫《しば》しの休憩を取りましたが、間もなく敵の大口径の迫撃砲《はくげきほう》らしき弾がヒュルヒュルと飛んできて、次第に激しくなり弾着を見極めながら時々移動を繰り返しました。そのまま夕刻になり、村上大隊の兵舎を襲ったソ連兵が日本軍の軍服を着ている者がいるので「忠勇と武烈《ぶれつ》」の合言葉で識別するとの命令がありました。

私の中隊は匂橋から例の切通しの間の占守《しゅむしゅ》街道の路上を守備しました。路上に点々と戦車を並べて仮眠しましたが、寒くて仕方が無いので側溝の中で有り合わせの毛布を被って、いつの間にか眠ってしまいました。

ポツダム宣言の停戦実効期限は日本内地が、８月16日16時の発令から48時間以内、つまり18日の16時には戦闘を停止します。但し、やむを得ざる自衛の戦闘を妨げず。

停戦交渉決裂

停戦交渉は、ロシア側は日本軍に武装解除しろと言い、我が軍は戦闘は停止するが武装解除はしない、と話がつかず交渉決裂。交渉にあたった杉野旅団長から報告を受けた堤師団長は攻撃再開の決断をしました。

20日午後に、停戦交渉が決裂したので明21日、午前６時をもって敵に総攻撃を加える。本日は兵舎に帰って準備と休養を取れ、との命令で16時頃に大和橋まで帰り、兵舎で戦車の手入れをし、ゆっくりと休みました。19日から戦車長に少年通信兵の小谷軍曹

（中隊長車の通信手）が来てくれて準備万端整えました。

21日、朝5時に四嶺山に向けて意気揚々と出発しました。ロシアと停戦が出来れば家に帰れると思った時も有りましたが、交渉が決裂した今となっては終戦後3日も経ってから、しかも夜更けの霧の中、大砲も小銃もあらゆる武器を乱射しながら上陸してくるのは、まるで強盗だ、許せん、やつらを全滅させねば戦死した戦友に申し訳が立たない。思う存分に闘って敵を竹田浜の外に叩き落すまでやるぞと怒りと敵愾心《てきがいしん》で一杯でした。見ると四嶺山から訓練台にかけて、砲兵や歩兵が一面に散開して総攻撃を今か今かと待っています。

これだけの戦力で攻撃すれば時間の問題で片がつくと思いました。しかし、何日か後にソ連軍の大軍が押しよせてきたら、応援の無い我々は玉砕するけれど、この島で日本を守ったということが歴史には残ると思うので本望だ、と考えながら6時を待っていました。わが堤師団の総勢は幌筵と占守に2万1千名います。

ところが、6時5分前に「攻撃ヤメー、攻撃ヤメー」と大声が聞こえてきました。中隊長が慌《あわ》ててそちらへ行きました。やがて戻って来た中隊長が、停戦協定が成立したので攻撃を停止して直ぐに兵舎に帰る様に指示があり、愕然《がくぜん》としました。これでは戦死した戦友に申し訳が立たない、無念でなりませんでした。誰もが呆然《ぼうぜん》と佇《たたず》んでいました。渋々と戦車を反転し後ろを振り返り、涙を流しながら戦場を後にした事は未《いま》だに忘れる事が出来ません。

８月23日に片岡飛行場で武装解除をしました。それから捕虜として作業に出されました。戦場整理のあと、何日か後に三塚山の爆発事故があって、その後の、ある作業の時ですから９月５日くらいだと思いますが、ロシア軍の大きな戦車が通るのを見かけました。こんな大きな戦車だと日本軍の戦車はひとたまりもない、北海道に上陸予定のソ連軍の戦車が、日本軍の総攻撃を聞いて応援に占守島まで来たのだろうと思いました。

シベリアへ抑留

そして、12月25日、日本は物資不足でとても困っているというので、食べられる物は何でも積めとロシアの恩情で船内に沢山積み込みました。そして、北海道に向かう筈の船でシベリアへ連れて行かれました。昭和21年の元旦にナホトカ港に到着し、私達はアルチョムの炭鉱へ連行され悲惨な生活を経験し、22年８月、やっと北海道十勝《とかち》の陸別《りくべつ》の実家に帰ることができました。母は入院していました。

慰　霊

結局、われわれ日本軍は600人の戦死者を出しました。ロシア軍の死者は3千人です。平成2年、TBSテレビの取材班に武蔵《むさし》さんが同行し戦後初めての慰霊祭が占守島で行われました（写真左頁上）。私は平成7年、2回目の慰霊祭に参加しました。その時に聞いた話ですが、ソ連の戦死者の殆《ほとん》どがカムチャッカ出身とのことで、未《いま》だに日本人を憾《うら》んでいるとのこと。終戦後、真夜中に8千人もの大軍で攻撃を仕掛けて来て、被害者は日本なのに各国夫々《それぞれ》の歴史教育は恐ろしいものだと思いました。

「玉砕をもって民族の防波堤となり、後世の歴史に問わん」連隊長池田末男大佐の訓示です。英霊と私達の働きが北海道分断を防ぎ日本を守ったことを誇りに思っています。北海道は樺太や満州のような悲惨な終戦にならずに平穏に終戦を迎えられました。

参考／『8月17日　ソ連軍上陸す』大野芳著・新潮文庫　北千島慰霊の会会報　若獅子会会報　会報よつくら新聞　私製本『北海に咲いた時じの花』（平成6年・石井幸夫参考=防衛庁防衛研修所戦史室著・北東方面陸軍作戦〔2〕・朝雲新聞社、『戦車第十一連隊史』

「釧路市から留萌市までの線の北側の北海道の半分と、シムシル島までの千島（クリル）の占領を委ねた。…… 2個師団は北海道に、１個師団は千島に配置する…」1945年8月18日、ソ連極東最高司令官ワシレンスキー元帥から モスクワ親展 スターリン同士へ（『領土問題の真実』--「北海道・北方領土占領計画書」水間政憲・著作）／撃退しなければソ連は侵攻してくる

北千島慰霊の会会報から

平成2年8月24日、戦後45年を経てはじめての現地慰霊祭

<祀るは遺族、戦友を代表してただ一人>

TBSテレビの北千島取材班に会員武蔵康容が同行し、８月24日戦後45年を経て初めて、遺族・戦友の切なる思慕の思いを代表してただ一人激戦の地、四嶺山に於いて慰霊祭を行い鎮魂の祈りを捧げた。

戦車から背骨の一片を発見したこの慰霊祭により、北千島への渡航の可能性を確信し、これを契機に、遺骨収集・現地慰霊祭実行委員会を組織し、国会、政府、遺族会等関係機関に対し、積極的な実現運動を展開した。祭壇の近くに無数に浮かぶ戦死者の顔。ソ連兵士も数多くある。

多くの遺族・戦友の切なる想いを背に慰霊の辞を捧げる

池田末男大佐

会員（北千島慰霊の会）のお孫さん（女子高生）が、白菊の蔭に浮かぶ顔を戦史掲載の写真から「この人よ（池田大佐）」といったことから分った。まわりにも沢山の顔がある…。

歴史を正しく見る事
アジア開放から人種平等へ

西田　秀男（大正8年生）
陸軍主計少佐
第19師団歩兵73連隊
東京小平陸軍経理学校1期生

第19回、平成24年1月21日開催

西田秀男さんは、陸軍主計少佐。戦争体験を正しく伝える会の例会では、先の大戦を知るには先ず、歴史を知らなければならないとアヘン戦争から大平洋・大東亜戦争までの流れを話して頂きました。職務上、戦史に残る方々との交流もありました。また、昭和47年の札幌オリンピック支援集団の話をして頂きました。

陸軍経理学校は士官学校と同列の学校で、経理士官を育成する学校です。昭和11年、全国から選抜された30名が陸軍経理学校１期生として入学。卒業と同時に経理将校として、朝鮮北部の第19師団（張鼓峰事件で戦った師団）歩兵73連隊、師団司令部。昭和18～19年、前線である満州国「ハイラル」の第23師団で大尉。昭和19年、東京小平経理学校で少佐。終戦時は、生徒隊中隊長（教官）で、生徒達と一緒に疎開していた会津若松で終戦を迎えました。

戦争の本質、兵力と国力

戦争体験と言っても、兵隊さんの話は、苦しかった、つまらんかった、もう、そんな事は二度とあっちゃいかんとか、という話ばかりですからね。

もちろん、戦争なんてするもんじゃないけど、今、日本がバカにされているのは、中国なんかに対抗できるだけの兵力をもっていないから馬鹿にされるわけだ。対抗できる戦力をもっていれば何も言われないし、領土問題なんか起きないんですよ。日本が怖いから、戦争になんてならないわけです。

昔の日本軍であればソ連は一言も言わないだろうし、中国も文句をつけてこない。昔の日本軍というのはですね、そりゃ、強い。身分不相応な兵力をもっていましたよね。軍艦も世界の一流以上の性能のいいのを持っていましたし、戦争が始まって蓋を明けたら海軍の戦闘機の性能は世界一流でした。

それでも、アメリカに負ける理由があったんですよ。例えばテレビみたいな電子兵器ですな、レーダーなども半歩アメリカの方が進んでいた。日本軍の暗号もとられていたから山本五十六《いそろく》連合艦隊司令長官も飛行機に乗った事が敵に分って撃墜された。アメリカに負けたのは近代技術の差、それと経済力だったと思います。

日本の強さに世界は驚いた

併《しか》しながら、大東亜戦争の緒戦では、敵をばたばたとやっつけましたからね。世界はびっくりした訳ですよ。イギリスの香港もシンガポールも陥《お》ちるし、精強を誇るプリンスオブウエールズとレパルスも一撃で撃沈されるし、仏印《フランス》（ベトナム、ラオス、カンボジア）も蘭印《オランダ》（インドネシア）もあっと言う間に解放されたのです。長い間西欧の植民地で苦しんだアジアやアフリカの国の人たちは大い喜んだ訳ですよ。インドのチャンドラボースが義勇軍を作って独立の準備を始めたり、日本軍の作戦に協力したり、戦後、アジアはみんな独立したわけですよ。皆、アジアやアフリカの諸国は日本にベタ惚れですよ。それにつれて西欧諸国の長年に亘る植民地体制は一朝にして崩れ、アジアだけでなく、アフリカでも雨後の筍《たけのこ》のように独立国が生まれ世界地図はすっかり変わりました。

『関特演』動員で平時から戦時編成に

昭和16年6月、関特演（関東軍特別大演習）で戦時体制に入りました。朝鮮の羅南の第19師団にいたとき、ソ連との緊張が高まり、満州の関東軍と朝鮮軍の兵力を大きく動員して平時編制から戦時編制に移行しました。戦争の前には必ず動員があるんですよ。つまり、戦争することを決めたということですね、ソ連との戦争を覚悟しました。戦時編成とは平時の師団の兵力を2～3倍に増やすことです。内地から人も馬も動員した訳です。馬は2000頭から4000頭へ、師団人員は1万5000人から2万8000人ほどに膨れ上がってすごい人数になりましたよ。

陸軍は平時と戦時の2つの計画をもっていて、将校なら自分はどこの隊長になるとか、町で働いている人達は、どの部隊の兵になると平時から人事が総べて決まっています。組織の穴の空いている所に入れるわけです、それほど準備が平時からできとった訳ですね。

戦時編成になると人数が倍以上になるので、動員した人たち全員が兵舎には入れませんから野戦部隊は演習場に設営した天幕で自活し、訓練し、出動を待ちます。僕のいた朝鮮の師団はすぐには出動せず、昭和19年の秋になって、フィリピンのルソン島に向かいました。

自衛隊という組織は、災害で出動すると自分でメシを炊き、風呂を焚いて任務を遂行する自営能力を持っていることが特色です。自衛隊は旧軍とは別物ですが、旧軍の特色をもちろん受け継いでいて、現在は昔よりもっと自営能力があり、物さえ送ってくれれば食べて寝て戦うことができる組織です。

かつお節の買い付けに東京へ出張

関特演で人数が増え、携行食の買い付けの為出張を命ぜられ、経費を２０００円ほど貰って東京に向かいました。携行食といえば乾パンですが、戦場に行く兵隊に持たせるのに長持ちする携行食はかつお節が一番良いということで日本橋にある「にんべん」というかつお節屋に行きました。結局、糧秣廠《りょうまつしょう》の仲間が、朝鮮の19師団に送ってくれました。現物は見なかったですけどね。

この時の出張は、私にはもう一つの任務があって、同級生が上官を殺してしまった有名な三沢事件の真相を陸軍省に説明する任務を負わされていました。

任務が終わり、朝鮮の部隊に戻って半年後の12月8日の朝6時頃、官舎で寝ている時に偶然、枕元のラジオの電気が入っていてアメリカとの開戦をニュースで知りました。戦争はソ連とじゃなかったんですね。気持ちは引き締まりましたが、朝鮮軍は対ソ連の備えですから直接は関係ないと思っていました。

陸軍、経理部の組織

糧秣廠《りょうまつしょう》というのは役所ですよ、糧《りょう》は人が食べるもの、馬が食べるのは秣《まつ》です。陸軍糧《りょう》秣廠《まつしょう》といって東京の下町にあったんですよ。被服本廠《ひふくほんしょう》という役所は靴や服、その他に製《せい》絨廠《じゅうしょう》というのもありました、毛織り物、毛の生地を作る工場です。3つの廠がありました。そこは皆ぼくら経理部でやってて、中将くらいの将軍が本廠長でした。そこは軍隊とは言わないで、官衙《かんが》といって役所なのです。軍は、官衙と学校と部隊の三つに分かれとって、3つで軍の全部門でした。官衙は軍の組織の中には入ってますが、軍隊の中には入らないんですよ。陸軍省も官衙《かんが》に入ります、軍隊ではない。軍隊とは実戦を戦う組織のことです。

経理部はその他に国有財産の管理という仕事を担任していました。その総元締は、陸軍省経理局建築課という役所です。それで各師団には建築科というのがありましてね、国有財産の管理業務も担当していました。飛行場も建築科で管理していましたよ。また各部隊の行う会計経理の監査という大事な仕事を陸軍大臣直轄で担当していました。

「原隊」と「徴募管区」

よく原隊といいますが、同郷の人が集まる部隊のことで、一番最初に勤務して、訓練を受けた部隊で、ずーっとそこに所属します。戦争の時にも郷土部隊と一緒に出征する制度でした。いわゆる原隊意識とは生まれ故郷部隊意識ということです。兵隊さんには原隊があるけど僕ら現役将校には原隊というのはないんですよ。

また、徴募管区《ちょうぼかんく》というのがありましてね。召集して兵隊を集める管轄区域のことです。朝鮮の部隊ならばどこの出身、ハイラルの23師団（ノモンハンで戦った部隊）のどの連隊はどこの出身と決まってるわけですよ。鹿児島の連隊は鹿児島の人。札幌の月寒《つきさっぷ》の連隊だったら函館から札幌まで第25連隊に入るでしょ。旭川には第26から第28までの３つの連隊があり、それぞれ徴募管区が決まっていて、そこから集めます。

我々のような現役将校にはそういうのは関係なく、全国、満州、中国と命令のあったところに行く訳です。自分達の郷土とは関係なかったのです。

兵隊さん達は自分の生まれ故郷の部隊に行くので、朝鮮とか満州にいってる部隊の人は夫々《それぞれ》、原隊をもっていて同郷の人が全部そろってるわけです。僕らはそこを渡り歩くだけで、士官学校を出た現役将校というのは原隊はないです。唯々、最初に任官した部隊を原隊と称していました。予科の時にその連隊の隊付きになって、隊付きのまま本科に入り、少尉に任官しても元の部隊にもどらないで、命令のままどっかへいっちゃう。

強いて原隊はどこですかと聞かれたら、私は近衛歩兵第二連隊か、または、朝鮮の歩兵第七十三連隊でしょうね。

ノモンハン事件、張鼓峰事件、地名を残す

ノモンハン事件（※1）は私が満州に着任した時には終っていた。張鼓《ちょうこ》峰《ほう》事件（※2）はノモンハンのもっと前です。張鼓峰事件とは、ソ連との国境線は決まっとったのにソ連はそれを超えて来た訳ですよ。だから、張鼓峰に出掛けて行って追っ払ったわけです。これは一冊の本になっています。日本が優勢だったかと聞かれれば、勝ちも負けも無しだったですね。ソ連は国境を超えて入って来ましたけど、出て行った。日ソの戦闘としては全くの五分五分でした。

戦争になったら必ず山の取り合いをしますね。そして出来事には地名を残します。

張鼓峰事件は、張鼓峰の他に沙草峰という山の名前が残ってますよ、山の名前は後から付けたんでしょう。ノモンハンは小高い丘はありますが山のない平たい所なので、山の名前では無く、ハルハ川とか元からあった有名な川の名前を残してますね。

（※1）ノモンハン事件（昭和14年5月11日から9月にかけて満州国（日本軍）とモンゴル（ソ連軍）で発

生した国境紛争）（※２）張鼓峰事件（昭和13年７月29日から８月11日にかけて満州国東南端で発生したソ連との国境紛争）。

戦力が無い満州の悲惨、戦力がある支那の平穏

大陸での戦線はですね、満州の師団は南方に殆《ほとん》ど引き抜かれて精強である筈の関東軍も抵抗する戦力は全く持ってなかったですもんね。日本軍は形だけになってしまって実質的にはいない。残っとるのは居留民だけ。だから、ソ連が入ってきて悲惨な事になった。

支那戦線の方は、まだ日本の戦力が残っていたので満州のような状況にはならなかった。支那軍しかいないし、日本の方が強いから。

中国戦線の方は蒋介石が武士道精神を発揮して、怨に報いるに徳を似て接せよ、と宣言したりして大した戦争もなく日本軍は平和裡に帰国する事ができました。中国では満州みたいな悲惨な事は起きませんでした。ソ連だけですよ、力があったのは。

いわゆる「百人切り」は嘘

『百人切り』とは、昭和12年（１９３７）12月、南京攻略戦の時、日本軍が南京へ進軍

する途上、2人の将校がどちらが先に百人の敵を軍刀で斬るかを競争したという東京日日新聞の記事です。この記事が出た時は、そりゃ、皆、おー勇ましい、と言って喜んだでしょう。眉唾物で誰も本気にしませんでしたけど。しかし、戦後はまずかったですな。報道と事実は異なり、報道の勇み足である。

記事では向井少尉と野田少尉となってましたけど、野田さんは士官学校出身の現役将校で、あの時は中尉になっていましたよ。向井少尉はいわゆる幹部候補生出身の人で予備役の人でした。二人とも。鹿児島の第45連隊ですよ。

野田毅《たけし》中尉は陸軍士官学校49期の豪傑《ごうけつ》です、野田さんは僕の同じ中学の3年先輩でした。昔は、東京に出身県毎に下宿というのがあったんですよ。僕らは島津さん（鹿児島県、島津藩の殿様）が提供してくれた三省舎という日曜下宿があって、そこでしょっちゅう野田さんに会っていました。

そういえば、三省舎の下宿に時々、陸軍士官学校の校長で、後に沖縄軍司令官になった牛島満中将とかレイテ戦で玉砕した京都師団長の牧野中将も来とったですよ、穏やかな人達でしたね。牧野中将の子供も当時は陸軍東京幼年学校の生徒でした。

野田さんは、生きて帰って来たけど、仕事が無かったのか鹿児島駅前で占い師をやっていたんですよ。そこに、お巡りさんがやって来てね「野田さん早く逃げなさい、中国から戦犯容疑で指名手配が来ているよ」と助言してくれたそうです。しかし、野田さんは豪傑ですから、「冗談いうな、俺は悪い事はしていない、中国に行って申し開きしてくる」と、意気揚々と中国に行った訳ですが、結局、南京軍事法廷で戦犯にされて銃殺されちゃって、何のために行ったか分らないですよ。すごい豪傑だったですな。今で言えば、右翼みたいな人だったですな。威勢のいい人だったですよ。

南京事件はでっちあげ

南京で中国人を30万人殺したという事件は完全に中国のでっち上げで、今はもう常識になっていますよ。当時、南京に来ておった欧米の記者を蒋介石の国民党中央宣伝部が買収して、嘘の情報を書かせて本国に送らせたらしいです。戦争ですから色んなことやりますよ。

京都の師団の将校で、当時実際に南京作戦に参加した人が戦後思い出を語り「そんなことなかった」と力説していました。

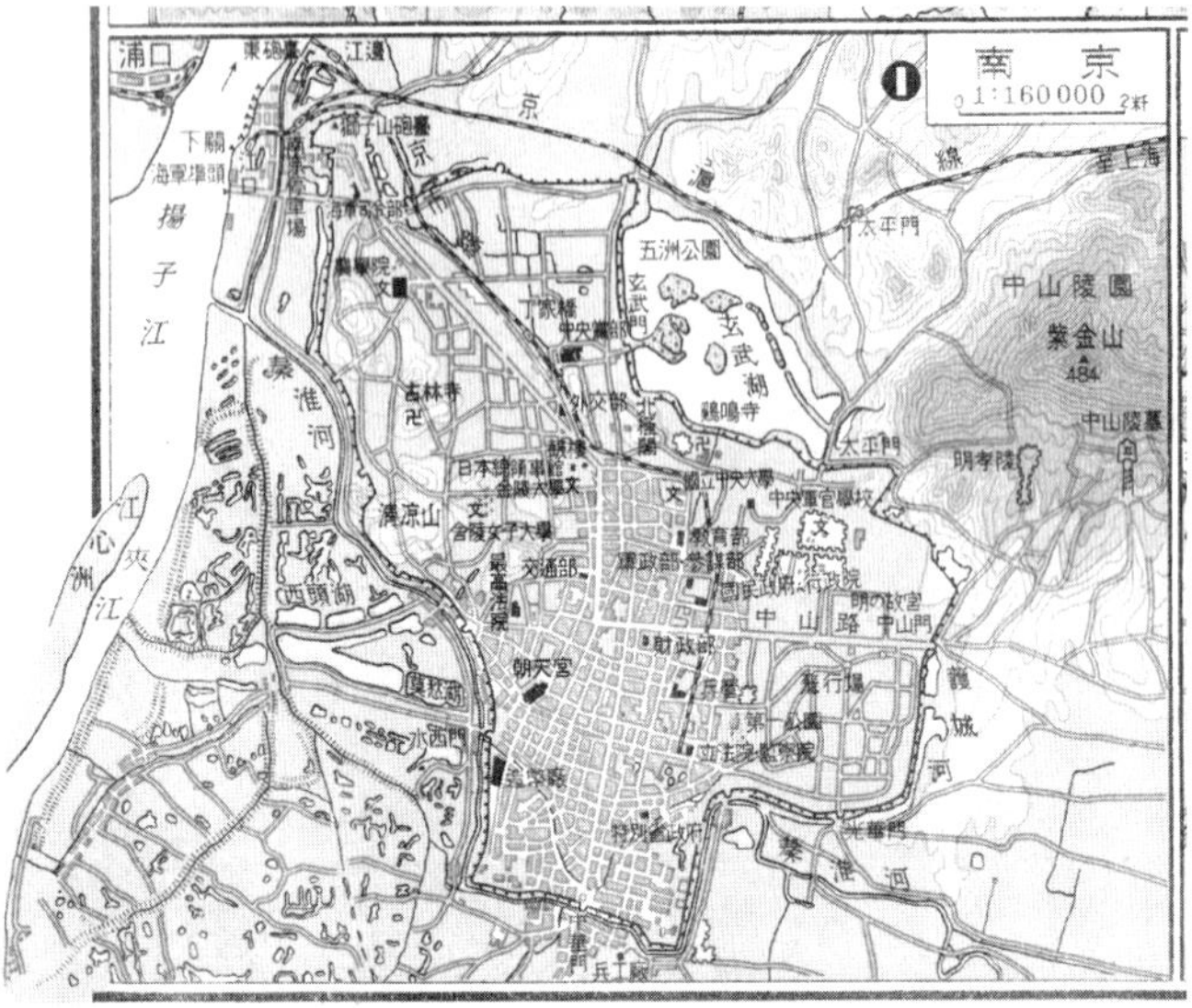

列國の主要都市

都市	國名	人口（萬人）	都市	國名	人口（萬人）
ニューヨーク	アメリカ合衆國	693	ロッヅ	ポーランド	63
東京	日本	587	南京	中華民國	63
ロンドン	イギリス	423	トリノ	イタリー	62

当時の南京市の市街図と人口（昭和13年、東京開成館発行、地理科用教科書、アジア州12「揚子江流域」と列国の主要都市から引用）

南京事件は無かったですな、どう考えても。何しろ人口がわーっと増えたですもん。戦争（南京戦）終ったら、支那人が喜んで疎開先から帰ってきて賑やかになって。殺されたのは便衣隊《べんいたい》なんです。軍服着ないで、スパイみたいなことして。死体なんて見なかったと言ってました。ただ、川には死体が浮かんどったらしいですね。生きている証人が沢山いるんですよ。南京開城直後に南京で行われた入城状況の写真が残されていますが周辺は実に綺麗ですよね（地図は昭和13年版の地理科の『昭和外國地圖』の南京の市街地図、下は列国の主要都市の人口、南京の人口は63万人）。

日本人と言うのは大変人柄の良い民族ですからね、なかなか人を殺したりする事は西洋人と違って躊躇《ちゅうちょ》する良心を持った人たちですね、やさしい人種ですよ。あまり戦争向きじゃないですな。朝鮮人とか中国の人たちは変質ですなぁ、ありゃ（通州事件他、残虐事件、その感覚）人間的じゃない。

インパール作戦とインド独立

インパール作戦というのは、インドから中国の蒋介石に連合軍の援助物資が送られるルートを遮断する為にやったんですよね。結局、目的地のインパールまで行けなかった。ビルマからインド国境に入る所でイギリス軍に邪魔されて、入れなかった。それで、引き上げちゃったから悲惨な目にあった、食べ物がなくて。

ところが、インパール作戦をやったのは日本軍の他に、インドの軍隊（独立義勇軍）が入っていた訳ですよ、そのことに彼らは非常に感激している。インド義勇軍は別に負けた訳ではないんですよ。誰もいないビルマの山奥を、自分のふる里のインドに向かってイギリス軍を攻撃した。イギリスと戦ったという事実、負けなかったという自信が、後のインド独立につながったのです。

だから、インパール作戦と言うのは大変無駄な戦争で、負けるためだけにやったようなこと言われるけどインドのためには物凄いプラスになった。インドはイギリスに勝ったという勝ち戦のつもりですよね。それでインドは、戦後すぐに(昭和22年)独立した。

軍司令官の牟田口廉也《むたぐちれんや》さんとは会ったことありますよ、そうですね、勇敢な人でしたな。作戦を実行する前に、この作戦は無理であると中々許して貰えなくて止めろ止めろと言われたのを、何とか頼み込んで。勿論《もちろん》許可がなければ作戦はできない訳ですけど、日本軍はそんな余力がないからダメだよと言われたけど、いやー、どうしても実行したいと無理矢理に決行した作戦だったようです。やるならやれやという話になったのか。

戦後　公職追放と追放解除

戦後間もなく、陸海軍の将校はGHQの公職追放令で官職につけなかった、もちろん私もそうです。しかし朝鮮戦争が始まった昭和25年8月に警察予備隊（自衛隊）が設置され、公職追放が下の方（下級将校）から解除され、昭和26年に高級将校も追放が解除されたので警察予備隊に入隊しました。そして、昭和47年には陸上自衛隊で札幌冬季五輪支援集団長をつとめました。当時の階級は陸将補で、旧軍の少将に相当します。

臨時編成部隊、札幌オリンピック支援集団

札幌冬季オリンピック支援集団とは、札幌オリンピックを支援するための臨時編成部隊であり、国民体育大会の時のような寄せ集めの臨時の編成部隊と違います。この部隊が特に編成されたのは日本が主権回復して、独立国も参加して史上最多の参加国となった昭和39年（１９６４）の東京オリンピックと昭和47年の札幌冬季オリンピックの二度だけです。

昭和46年（１９７１）８月１日、札幌オリンピック支援集団準備本部が真駒内駐屯地にて編成され、翌年１月に約５０００名の支援集団が編成されました。若い隊員は一致団結して困難な仕事を完璧に完遂しました。

今までの冬季オリンピックの歴史を詳しく検討してみると、すべて失敗の歴史といってもいいと思います。過去十回に及ぶ冬のオリンピックで成功したのは札幌が初めてで

す。冬の大会の支援は夏の大会に比べて大変な違いがあります。別物です。

夏の大会は建築された施設で競技を行うだけで目的を達成できますが、冬季大会は建築された施設だけでは用が足りないので、その上に雪を乗せて競技施設を使えるようにしなければなりません。さらに天候、雪がなかったり大雪が降ったり荒れたり、気象が大きい要因になりますから大変です。冬季五輪史上で成功したのは札幌が初めてです。編成部隊と編制部隊／部隊をかき集め臨時に作るのは編成部隊。人事を含め固有の部隊を作るのが制度の「制」の編制部隊。札幌と東京は編制部隊です。今思えば隷下（れいか）部隊ですね。

アジアの独立

アジアの人達は長い間、白人は我々と違う一階級上の人間だと思わされて来ました。しかし、日本人という我々と同じような肌の色をした、小さな体の人間が西洋と喧嘩《けんか》したら負けなかった。俺たちも本気になれば案外勝てるかもしれないよ、俺達も同じ人間なんだと思うようになったのが第二次大戦だったのです。

第二次大戦が終り、また、しめしめと白人の軍隊が戻って来た訳ですよね。ところが、昔みたいに俺たちが統治するんだと戻って来たイギリス軍もフランス軍もオランダ軍もみんな、追っ払われた。それも日本のお陰だとわかったのが第二次大戦だったのです。インドネシアでは、日本の下士官の人たちが多く残った。俺たちが味方するよ、日本に帰っても（米軍に占領されて）碌《ろく》なことないだろうから加勢しましょうと。武器はもらうし、兵隊さんは残ってくれるし。日本軍が一割くらい入っとったから、戦争は強い訳ですよ。そしてアジアに戻って来た白人の軍隊を追っ払って、新しい世界ができちゃったんです。

英霊からのメッセージ

英霊は、「俺たちのことを忘れないでくれ」といっていますよ。

「僕らは国を守ったんだ」、そして、日本は無駄に戦争した訳では無い、アジアを解放し、世界を変えるための戦争を戦った。大変な意味のある戦争を戦ったのは俺達だったのだ。

戦争が終わってみて人種は平等である、世界は独立せよ、ということの音頭をとったのは俺達だったのだ、決して無駄な戦争ではなかった。人間世界の大偉業を遂げたのは俺達だったのだ。

キング牧師とか、アフリカのマンデラ大統領とか、人種差別撤廃を叫んだ人が沢山いる。黒人のキング牧師が暗殺されて死んだ日はアメリカの記念日になっています。彼らは、何故、いつ頃から「人種平等」を唱《とな》えだしたのか。彼らは大昔からそれを言ってたわけじゃないんだ。日本が世界を変えてから言い出したことで、アフリカも、アジアで多くの国が独立を克《か》ち取る様子を見て、俺たちも独立するぞと言って騒ぎだし、ヨーロッパでは手をつけられなくなった（昭和20年代にアジア地域が独立、昭和35年からアフリカ各地も独立し始める）。

「なるほど、人間と言うのは平等なんだな、黒も人間なんだな」と解って白人に物を言えるようになった。それまでは言えなかった。お前たちは奴隷だよ、動物（牛）だよと言われて。それがそうではなくて、白いのも黒いのも皆同じ人間なんだ、平等なんだと。それを示したのは、結局、日本ですよ。大東亜戦争（先の大戦）の最大の戦果ですよ。

日本という国がなくても、遠からず人種平等の世界になるとは思いますがね、それが

２００年先か、５００年先か、千年先か…、の話でしょう。それが早まった訳ですね。

※マンデラ大統領／南アフリカ第８第代大統領。独立国家となっても白人の人種差別は続き、アパルトヘイト（居住区などで黒人を隔離する手法）を平成３年（１９９１）に打破して人種平等を実現した。※キング牧師／人種平等を訴えて黒人大行進を企図した指導者。「私には夢がある」と名演説をした翌日に暗殺され、その日を米国では記念日とした。（※日本では人種差別に現実感がなく、あまり感激しないです）。

歴史的な大革命

東條大将がいっとったのは、大東亜共栄圏を作ろう、アジアを一つにして（道義に基づいて共存共栄しよう）、ということだったんですけど、それが、世界が一つになっちゃったんです、一遍に。

日本が一挙に新しい世界を作ったんです。戦争が終わって十数年でアジアもアフリカも世界中が独立する時代が来るとは、誰も夢にも思っていなかった。インドもビルマもベトナムも中国も全部植民地はなくなった。今は太平洋の小さな島がいくつか植民地として残ってるだけです。アメリカ、イギリス、フランス、豪州《オーストラリア》領も少しは残っています。ビキニなんかは核の実験場に使われて汚染されて大変だった。

この大変な歴史的な大革命を成し遂げたのは日本人ですが、日本人がやったと歴史に書かれていません。日本人だから歴史に残らない。歴史的な大転換をアメリカ人やイギリス人がやったのなら歴史に書かれるわけです。今でも彼らは白色人種の誇りで、お前達有色人種は人間ではない、劣等人種だという気持が心のどこかに残っているのでしょう。

日本という国

日本という国は素晴しいですよ。英国人記者ヘンリー・ストークは、チャンドラ・ボースを引き合いに出して「日本はアジアの希望の光だった」というんですね。彼本人は植民地の禍《わざわい》を終焉《しゅうえん》させた「日本は日の昇る国」と賞賛している。言われるだけの理由はありますよ。誇るべきことですよ。ノーベル賞は貰うし、手先は器用だし、世界中の識者、学者、政治家が素晴しい国、民族だといってますよ。

今の若者は、ちょっと心配ですな。日本を正しく、謙虚に見ることができる人が教育者にならなきゃだめですね。日本人というのは素晴しいんだ、ということを子供達に教えて行かなければならない。それは、外国に行けば自分がどれだけ素晴しい能力をもっ

ているこ とが解る。アメリカに行ってもイギリスに行っても気付きます。そこには黒人も、白人もいます。

あの時、日本が居眠りしていたら日本は植民地になっていましたよ完全にね。もちろん朝鮮も中国も全部植民地になっていて、アジア、アフリカもそのままで、今もその状態が続いていますよ。それを防いだわけです。それだけ日本の功績が大きかった。

アジアの為、世界の為、有色人種の為に戦って、親兄弟が犠牲になったり、わが子を亡くした人の苦悩は計り知れない、可哀相じゃないですか、不本意じゃないか、って？いや、そんな事はない。大いに誇《ほこ》ればいいじゃないですか。英霊とその遺族を讃《たた》えることです。それが分る時代が必ず来ますよ、歴史は変わるから。靖国神社は世界の神社ですよ。

日本人のみんなの力で、そして、英霊のお陰で日本が存続しています。年に一度は、否、毎日でも英霊の御霊《みたま》に感謝を捧げ、功績を讃えていただきたいものです。

菅　忠明
（昭和３年１月５日生）
元陸軍少年飛行兵

航空特攻の真実

昭和18年４月、東京陸軍航空学校入校
第十六期甲種陸軍少年飛行兵
昭和19年４月　宇都宮陸軍飛行学校入校
10月　熊谷陸軍飛行学校仙台分校転属
昭和20年２月　第七練習飛行隊転属　空第五四一部隊（京都駐在）

被弾して煙を吐く特攻機

見事体当たりし空母は炎上

私は平成25年9月上旬、北海道新聞に「戦争体験を正しく伝える会」の開催案内を見て、講師が元陸軍少年飛行兵の先輩である某氏とあったので迷わず参加した。貴重な体験談のあと、主催者の方に「私は元陸軍少年飛行兵でした」と話したら、「次回経験談を何か話して下さい」と要請され、翌月の例会で「私の生い立ちと、その年々の戦争等、戦後の生き方」というテーマで話し賞賛を頂き、これからも伝えて行こうと思った。その後2、3回、伝える会で講話を重ね、参加者との質疑応答で「特別攻撃隊」のことが話題となっていった。そこで私の知っている範囲で良いのか、いやそうではないと思い、図書館通いを続け「陸海軍航空特別攻撃隊の真実」をまとめて修正を重ね、さらに質問しやすい様に細項目に分ける等工夫を重ねて講話をした結果は「内容についてしっかり分析され説得力があり、非常に良かった、感動した」との賞讃をいただき、これからも伝えて行こうと思った。

私は、生き残りの特攻隊員ではないが、陸軍飛行兵として、それを目指し訓練に励んでいた。今次大戦では、勝った国も敗けた国も多くの戦死、戦没者を出したが、特筆すべきことは、日本には他国に例を見ない「特攻隊（特別攻撃隊）」の存在がある。

私達の多くの先輩が、比島《フィリピン》に、南西諸島に、沖縄に、祖国のため決然と若い生命で死に赴《おもむ》いたことの事実を多くの方々に知っていただき、子・孫のみでなく、長く後世に伝えて欲しいと念願するのみ。

軍国一家の私の陸軍飛行兵志願の動機

娘が学生の頃「お父さんはどうして飛行兵に志願したの」と聞かれ、私は「戦国時代でも江戸時代でも、隣村と争いになったら男は、家族と家を守るために必死に戦う、国同士の争いも同じ、お父さんの兄も少年飛行兵になり、当時は『空は男の征くところ』が流行語だったんだよ」。そして、生死の事など考えない軍国一家の軍国少年だったので志願したと話した。

軍国一家は、父は56歳で大佐、支那事変に兵站《へいたん》司令官で召集され昭和15年2月に召集解除、5月病没。次男忠信は22歳の時に満洲事変、26歳で日支事変、四男忠正は24歳でノモンハン事変、五男忠淳は22歳でキスカ島から撤収、六男忠邦は21歳で学徒動員、七男忠和は16歳で陸軍少年飛行兵、八男の私は15歳で陸軍少年飛行兵、以上男8人兄弟中

６人の軍人。

ある日の第七練習飛行隊

私の所属する部隊（京都）の飛行場上空で、阪神地区を空襲した米軍のB29がUターンするのが通例だった。２５０機の大編隊から遅れていた１機が空中爆発し、搭乗員は次々にパラシュートで脱出、胴体は近くの水田に落下した。

下りてきた米兵５名は捕虜として拘束された後、憲兵隊に引き渡された。この時、私も野次馬の一人で、棒を持った老婦人が憲兵と何やら言い合っていた。後から聞いた話では「一人息子が南方で戦死したので捕虜をたたかせてほしい」と、おばさんが嘆願して憲兵がそれはダメだとなだめていたとのこと。機内には６名の搭乗員（２名は女性、オペレーターらしい）の遺体があり、後から櫓《やぐら》を組んで機内から流出したガソリン、潤滑油等で機体の残骸と共に焼却埋葬された。夜通し燃えていた。機内からジュラルミン製の円筒形の救命具のセット６個が発見され、中には、折畳みボート、ガスボンベ、自動小銃、弾丸、大型ナイフ、固形食、水筒、発炎筒等が入っていた。

ムスタングを撃墜

いつものように朝5時に起床、洗面もそこそこにして、飛行場から約1粁《キロメートル》の所にある竹林に退避しておいた最新型四式練習機（ユングマン※）を5人で押して飛行場へもってくる。それから飛行訓練が始まり、一時間余りで訓練終了。また押して元の所へ戻し、ようやく朝食となる。

8時からは警備大隊の班長として3名の部下（40才過ぎのオッサン）とともに、近くの桃林に隠れるようにして作られた機関砲座の射手となる。機関砲座とは、周りを掘り、土を積み上げ、弾丸除けの壁を作った中に機関銃を据え付けた所。狭いが4人位は入れる。砲座は飛行場の滑走路の周辺に数箇所設けられてある。部下の1名は、弾帯がスムーズに行くよう手で操る作業、2名は、弾丸の箱（百発入り）を持って砲座に入り、予備要員となる。待機中に砲座の中でこんな会話もあった。

「班長殿は若く見えるが、いくつですか?」、「17才だよ」、「私の息子と同じだけど、しっかりしているなぁ」、また「朝は操縦桿で、日中は銃把《じゅうは》を握って大変ですね、頑張ってください」と、空を警戒しながら穏やかな時間が過ぎていった。

※ 四式練習機の原型はドイツ、従来の九五式中練より二回り小さくエンジンも350馬力から80馬力と経済的な飛行機

暫《しば》らくすると天王山の方から敵機が１機、反対側からもう１機、２機が超低空で侵入してきた！　どんどんこちらに近付いて来る、敵は生意気にも天蓋《てんがい》を開け、顔をこちらに向け乍ら滑走路に沿って機銃掃射、狙うことなく射っているようなので命中度は低いが当ったら大変なことになる。我方も砲座から応戦。弾丸は百発しかないので引き金を引いては同時に放すような繰り返しで、なんとも心細い。敵機は銃撃し乍ら飛び去って旋回して、また襲撃してきた。私は狙って引き金を引いた。すると翼の下からパッと黒煙が出た。「当った！」と思ったが、そのまま飛んで行く。「アレ…？」（翼下のロケット弾を発射したときの現象だと後で判った）。２機が入れ替わり立ち替わりにバリバリと攻撃してくる。今度は私の方に向かって狙って突入してきたような感じ、撃った弾丸が土煙を上げて迫ってくる。「あ、これでオシマイ」と思ったが、何故か外れる…「あ、良かった。助かった…」。すると、超低空の敵機が、突然黒煙を吹いて河原の方へ飛んでいった。火柱があがり、爆発音が聞こえた。「ヤッタ、ヤッタ、バンザイ」と班員一同で喜んだ。夜には、警備隊長から「今日の敵機は、今迄のグラマンＦ６Ｆと違うＰ51ムスタング」と知らされる。ご褒美の酒樽が届けられ、賑やかな宴となり「俺が射った」

「イヤ、俺だ」と尽きることなく続いた。

敵機を撃墜して以降、繰り返しの襲撃をしてこなくなった。以前のように単機で通りがかりの一度の襲撃、掃射のみ。なぜあの日は繰り返して攻撃してきたのだろうか。

陸海軍　航空特別攻撃隊の真実

航空特別攻撃隊とは

航空特攻（航空特別攻撃隊）とは、祖国の為に、敵艦船（の一部または全部）を破壊する為に、飛行機に積んだ爆弾と共に体当たりする、人間爆弾となって目的を得る戦術。特攻について陸軍省内でも議論されていたが、十死零生の為、結論が出ていなかった。しかし、海軍の例を見て実行に移行した。

誰が考えたのか　その動機

昭和19年10月、マニラに着任した第一艦航空艦隊司令長官、大西瀧次郎中将が、戦況を聞き、飛行訓練や実戦を見て戦果は期待できない、勝たないまでも敗けない、その為に体当たりによる特攻により、空母に損害を与え1ケ月でも2ケ月でも使用不能にし、その間に航空部隊が総反攻を行ない、上陸を阻止し敵に一矢を報いる。情勢によっては講和も考える、となっている。

大西中将は、この戦術が「統率の外道」であると認めていた。今迄も戦場において被弾したり、また瞬時の判断によって自らを犠牲にして敵に体当たり攻撃を行なった例は多くあるが、体当たりを前提とした組織的な戦術方法は類を見ない衝撃的な行為であるとの意見もあった。

大西中将は隊員に「日本は正に危機である。これを救い得る者は、大臣でも軍令部総長でもない、自分のような司令官でもない」、「自分は一億国民に代わって、皆にこの犠牲をお願いし、みなの成功を祈る。皆は既に神であるから、世俗的な欲望はないだろう。あるとすれば、自分の体当たりが成功したかどうかであろう」、「それは自分が皆の最後を見届け、上聞《じょうぶん》(※)に達するようにする、安心してくれ」と一人一人と熱い握手を交わした。

特攻隊員はどのような人達だったか

特攻隊員は、陸海軍とも士官、下士官で、それぞれの課程を終了した者と、昭和18年

（※）『上聞』天皇の耳に入るようにする。天皇に申し上げる

の学徒動員令でペンを操縦桿に持ちかえた多くの士官（陸軍は特別操縦見習士官、海軍は飛行予備学生）、更に、同年に大募集した、陸軍は乙種、海軍は特乙の多くの少年飛行兵、予科練習生、このほかあまり知られていないが、民間の航空機乗員養成所出身の下士官もいた。戦死者には二階級特進の栄誉があった。

特攻隊員は志願なのか

胸中に様々な思いはあっただろう、その時の状況により異なっているが、志願が殆《ほとん》どであったが、拒否できない状況や命令もあった。

大西中将がマニラで特攻編成の際、予科練10期生に特攻作戦を話した所、感激していたが、その場で全員の挙手はなく、一晩経って全員が賛成したという事であった。

上層部は、計画には涙をのんで承諾します。戦死者の処遇は十分考えましょう、しかし、これは本人の自由意思によることであり「決して命令はして下さるなよ」と重ねて戦隊長に伝言があった。特攻の編成は簡単に決定されたものではない。

敵の艦船に体当たりを決行した多くの勇士があり、その壮烈な行動が特攻参加の心情を高め、出撃が多くなると全員がもろ手を挙げて志願した。

特攻の先駆け

特攻の先駆けとなった海軍神風《しんぷう》特別攻撃隊敷島隊、関大尉。隊名は本居宣長《もといのぶなが》の「敷島《しきしま》の大和心《やまとごころ》を人問わば朝日《あさひ》に匂《にお》う山桜《やまざくら》かな」の和歌から敷島、大和、朝日、山桜、と決まったもので４隊編成。

敷島隊、関大尉は、昭和19年10月25日、マニラ郊外から零戦５機で出撃し、護衛空母１撃沈、同２大破、同１小破の戦果を挙げる。出撃に際し、戦隊長から「飛行甲板のエレベーター附近の弱い所を狙《ねら》え、２番機は１番機の効果の少ないところに突っ込め」の指示があり、大尉は直角に近い角度で突入、爆弾を飛行甲板に投下、滑って左舷寄りのところで爆発、機体のガソリンが爆発し甲板の中央部が燃え、機体は艦首まで飛ばされた。２番機はそこを目がけて突入し、数次の爆発で敵空母は沈没。３番、４番機それぞれ突入し戦果あり、５番機は不明。以上確認機の報告。

関大尉は艦上爆撃機出身であり、畑違いの零戦（戦闘機）で２５０kgの爆弾を抱えての突入には自信がないようなことを漏らしており、特攻の話があってから一晩考えて承諾した。前日、関大尉が訓練生時代の隊長と会った時に特攻の話をすると「爆弾を命中させて帰って来い、死ぬな、生きて更に攻撃せよ」と言われたという。ところで、大和隊久能中尉は10月21日敷島隊より先に突入し戦果を挙げたが海軍大本営は生粋の将校を軍神第一号としたく、発表を控えていた。

陸軍は、陸軍特別攻撃隊万朶隊《ばんだたい》を編成。隊長ほか4名がマニラに来る途中撃墜され戦死。田中曹長が隊長となり、昭和19年11月12日（公表日は26日）マニラ郊外から3機で出撃、空母2隻大破、輸送船1隻撃沈の戦果を挙げた。

この時、佐々木伍長（航空機乗員養成所出身）が日頃の訓練の癖で跳石飛行で爆弾の釦《ぼたん》を押して低空で敵艦に命中させて、本人は帰還、二階級特進で曹長に。数日後に再度出撃して同様に戦果を挙げ、また二階級特進して少尉になった。隊長としては、再々出撃のチャンスを狙っていたが、飛行機の故障、戦術の変更等で待機中に戦場が沖縄へと移り出撃する事なく終戦となった。

事務の手違いだろうが通常攻撃で二階級特進の戦死者の栄誉を2回受けた人もいた。

特攻の戦術

少なくとも3機編隊で出撃し、一番機は急降下で、2番機は水平攻撃、3番機は緩《かん》降下として敵の対空砲火をそらす事と、先入機の後へ突入する作戦であったが、敵の攻撃により思うようには行かなかった。

使用された飛行機

特攻に使われた飛行機は、フィリピン作戦では、陸海軍とも実戦機を使用していたが、沖縄戦の特攻では未熟なパイロットが多く、実戦機の他に性能の劣る練成機と呼ばれる飛行機も使用された。

よく、特攻に練習機が使われていたと報じられているが、飛行機は機種のランクによって特性が違うので、例えば仮免許の人が大型トレーラーを運転するのが難しいように、パイロットに成りたての未熟な人は、操縦できる練習機から一ランク上の飛行機が使われていた。ある教官は「練習飛行隊は練習機、練成飛行隊は練成機、実戦部隊は実戦機を使用するものだ」と語っていた。

陸軍では九九式襲撃機、隼一型、九七式戦闘機ほか。海軍では九七式艦上攻撃機、零戦二一型、九九式艦上攻撃機などが使用された。作業練習機「白菊」は操縦者以外の搭乗員（航法、爆撃など）を養成する練習機で、速度がとても遅く、夜間の低空飛行で沖縄の戦場に向かった。四国の松山基地に１２０機集めて終戦時には残存20機だった。

戦果と出撃人数と機数

特攻は戦果より命中すること、則ち、死ぬ事である。国民の多くは特攻隊員を生ける軍神として賞賛した。そして隊員は志願した。日本民族の持つ死の美学である。

散華した特攻隊員の人数と機数（比島南西諸島沖縄作戦等の合計数）

陸軍　搭乗員約　１８４０人　航空機約　１０９０機

海軍　搭乗員約　２５３０人　航空機約　１４３０機

海軍の突入機数に比し搭乗員の人数が多いのは複座機が多く偵察員、航法士が同乗している事が多く、陸軍の場合は大型機を使用の時、通信手などが同乗していたため。

戦後発表された比島、沖縄戦での戦果

発表国	撃沈		損害	合計
日本	32（軍艦）	75（輸送船）	233	340
アメリカ	36		368	404

特攻の成功率は比島では26・8％、沖縄では14・7％だが確実に敵艦に損害を与えた。

命中率	
比島（フィリピン）	出撃 650機 ↓ 突入 174機 26.8％ 6機の攻撃で1隻に命中 至近弾 322発
沖縄	出撃 1,900機 ↓ 突入 379機 14.7％ 15機の攻撃で１隻に損害 至近弾 368発

特攻は、アメリカ軍将兵の心胆を寒からしめ、命令に従わない者まで出た。また、沖縄攻略がこれ以上長引くのなら艦隊をヤップ島まで後退せざるを得ないと考えさせた。

特攻隊員の思い

1、自分達は死ぬのではありません。悠久の大義に生きるのです。私達のやってきたことを少しでも、受け継いで後世に伝えて欲しい。

2、国のために死ぬことはいとわない。ただ一回の体当たりで死ぬことは誰もが納得できない。反対なのだ。けれども一切の情を振り切っていきます。

3、あとのことはよろしく、何か世の中のプラスになるような生き方と、自覚を持って欲しい。

4、同期の者が「戦争は勝つだろうか」と、私は「わかるはずがないでしょう」と答えたが、最近の戦況を考えると、勝てるとは言えなかった。

「俺は明日突入するが、今迄見た限り、あの対空砲火を突破できないだろう。命が惜しくて言うんじゃないが、負けたらどういうことになるんだ」

私は言葉に詰まった。それは、本人が誰かに尋ねたい疑問であった。

「私たちが死んでも、国民の多くは残るでしょう。その人たちを信じて戦死するしかない」。「そうか。よし、生き残った人々を信じよう」と、固く抱き合った。

彼は、翌日出撃した。
5、出撃の前日、面会に来た母親に「今日は、隊の桜は満開です。このような美しい桜は、私は見たことありません。今日お母さんと会って、感傷に溺《おぼ》れたからでしょう。多くは語れませんでしたが、さようなら。」
※　多くの方々が、「私達が戦死した後は、残った多くの方々が、国のため尽《つ》くしてくれることを信じよう」と、言葉を残されていました。

生き残った隊員、隊長のことば

1、男らしくないが、出撃命令が出たときは、死の宣告を受けたように、悲しくて涙が出ました。

２、戦後、中学校の教師となった元隊員が、毎年の卒業生に言ったこと。

「私は彼等が可哀想でならない。彼等が死なずに居たら、テレビを見て楽しんだであろう。マイカーで思うまま、ドライブしたかもしれない。日本の発展を祈り、日本国民を敵から救うために特攻隊員となった純情な青年達が居たのだ。

それを忘れて、今日の日本人は、ぜいたく三昧《ざんまい》、不平不満を云い過ごしている。日本のために亡くなられた特攻隊の人達の願いを聞いて、日本の国を良くし、真に正しい道、真実の道を進んで祖国を愛し、日本を輝かしい国にする事が、生きている私達の責務である」と。

３、ある戦隊長は「あの二十才《はたち》前後の若者たちが、なんで喜んで死んでいくものか。可哀想だった」と。

４、機種変更のために内地に来て、終戦となった戦隊長は、後年、戦記を発刊するときの一説から

祖国の栄光と輝かしい今日のために、礎《いしずえ》となって大空に青春を散らした若く雄々し

い、男らしい彼等の奮戦と苦闘の有様を、必ずや末長く語り継いでやると、いつの時代でも平和の中にこそ生きるべきであり、いつまでもそうあってほしいと思うのだが、不幸にしてあのとき、大空に散っていった若い彼等は、戦争の時代に青春を迎え、その犠牲となって白い雲の彼方に消え、再び還ることはなかった。（中略）

私は、決して彼等のことは忘れない。彼等の、その顔一つ一つが私の目には、見えるような気がしてならない。

玉音放送のあと、自決した将兵

1、特攻生みの親、第一航空艦隊司令官　大西瀧次郎中将は、15日午後自宅で割腹自決。中将は、特攻隊編成、出撃の際に「諸君だけ死なせない。私も時期が来たら、後で行くから待っててくれ」と語っていた。

2、特攻育ての親、第五航空艦隊司令長官、宇垣纏《まとい》中将は8月15日玉音放送されることを察知し、14日深夜に十二航戦司令官に出撃することを告げたが、反対に押し切られた。15日午後、（大命に叛いて）部下に3機で出撃を命じたが、「長官が行かれるなら」と戦隊全部の11機を揃えて出撃し（3機はエンジン不調で引き返す）、夕刻に太平洋上で米機動母艦に突入し、大破せしめ８機と24名は海の藻屑《もくず》となった（その戦果は明確には確認されていない、８機突入説。途中で編隊指揮官が大命に気付き突入しなかった説『指揮官達の特攻』城山三郎）。注　宇垣中将は「戦藻録《せんそうろく》」の筆者として著名。

３、元隊員、上層部の将兵、約80名が、宮城《きゅうじょう》前、飛行基地、自宅等で自決した。

４、第五練習飛行隊（満州）で教官をしていた特操出身少尉達が８月19日、進行してくるソビエト軍戦車に11機が突入と同時に夫人と、隊員の許婚の女性の２人も「ロ助に辱しめを受けるなら」と、同乗して自決。

５、参考迄の話しであるが、陸軍特攻の生みの親と、育ての親である菅原元中将と富永中将は、自決することなく余生を送った。

振武寮

沖縄作戦では比島作戦とは異なる現象が多発した。

１、気象状況が悪く、出撃不能な日が多くなった。２、出撃しても敵艦船を発見できずに、また敵機の攻撃により被害を受け、戻るもことが増えた。３、機体の故障が多く、飛行不能になることが増えた。

【フィリピンと沖縄戦の攻撃方法の違い】

比島作戦では実戦機が多く、敵地までの距離も近く、誘導機、直掩機もあり編隊で突入したので効果はあった。

沖縄では残存の実用機の他、各地から集めた旧式機の部品が揃わず故障が多く、さらに敵機の攻撃による被害が増え、加えて未熟なパイロットが多く着陸時の事故、出発してもエンジンの不調、悪天候による飛行不能、誘導機が少ないため方向の誤認による敵艦隊の未発見により引き返す特攻機が増加していた。九州各基地から約７００キロ先の沖縄まで月の出ている夜は飛んで行け、雨になったら休めと言う無気力感があった。

以上の理由から出撃しても目的を達せず帰還する特攻機が増えたので司令官は戦隊長に対し厳しく対処するよう指示したが効果は無かった。度重なる事態に控えの隊員の志気を考慮した結果、戻った隊員だけを収容する施設「振武寮」を設け、多い時には約80名がいた。司令官は「一度戻って来た者は次ぎも戻って来る」と、「なぜ死んでこなかったのか」「お前達に喰わせるメシは無い」とまで発言した。隊員は完全な飛行機があれば明日にでも再出発すると叫んだ。勇壮な特攻隊の裏に悲惨な一面もあった。この事実を知る人は少ない。

隊員の遺書

出撃命令、下命前後に記された遺書により、隊員の心情に触れてみることにした。

多くの遺書が「これまでは言えなかったが、今回、特攻の任務を与えられている」と告白している。

自分にとって、かけがえのない人々に、人生の中で、今まで言えなかったことや、死ぬ前にこれだけは言っておきたいと表現したものも、多くある。

戦後、隊員の遺書が公開された時「勇ましい人間として、立派に書けたのは、軍の検閲があったため」と指摘されたことがあったが、多くの遺書は、隊員の世話をしていた民間の人々を通じて出されたことが多いことからして、彼等の本心であったと思う。

代表的なものを数点紹介していきたい。

母へ　元陸軍曹長　二十三歳

お母さん江

思えば幼い頃から心配ばかしおかけしましたね。眼を閉じると子供の頃のことが、ありありと頭に浮かんで参ります。

悪いことをすると、神様に謝らせられたり、「今日の良き日を有り難うございました」と毎日神様のことをやかましく言われたお母さんでした。（中略）

あの時、お母さんと東京を歩いた思い出は、極楽に行っても、楽しいなつかしい思い出となる事でしょう。

あの大きな鳥居のあった靖国神社へ今度、私が祀《まつ》られるのですよ…（中略）

体に十分注意して、天から与えられた寿命だけは、生き延びて下さい。

父母へ　元陸軍伍長　二十歳

国家存亡の折柄御一家の皆様には、御元気にて御暮らしの事と思います。

就《つ》いては突然の手紙にて驚きの事と存じますが、自分にも大命くだり、待望の決戦場へ向かう時がきたのであります。

男子の本懐《ほんかい》之《これ》に選《すぐ》るものはありません。この期《ご》に望み唯々《ただただ》自分の任務の完遂（体当り）を願うのみであります。（中略）

ペンを走らせたら、優しい優しいお父さんお母さんの顔がまぼろしの様に浮かんで参

比島基地で連日繰り返された光景、右の福留中将の音頭でこの世と決別、どの顔も物静かでいて若い『別冊一億人の昭和誌』から

ります。泣けて泣けてなりません。何卒最後のお願いとして今迄の不幸をお許し下さい。
兄さん、姉さん、妹よ、お世話になりました。皆様どうか、私が喜んで必沈の鉢巻もりりしく勇んで出発する姿を想像して武運をお祈り下さい。

新婚一ヶ月の妻へ　元陸軍少尉　二十一歳

○○子元気なりや。あれから一ヶ月経った。楽しき夢は過ぎ去って、明日は敵艦に殴り込みヤンキー道連れ三途の川を渡る。
振り返れば、お前に邪険だった。それでも後で後悔するのがくせだ、許してくれ。
どうか心堅固に多幸にしてくれ。
俺の亡き後、俺に代わって父上に尽くして

くれ。

愛児へ　元海軍少尉　二十五歳

○子は私の顔をよく見て笑いましたよ。
私の腕の中で眠りもしましたし、お風呂に一緒に入ったこともありました。
大きくなって私の事が知りたいときは、お母さんか叔母さんに良く聞きなさい。
私は、お前が大きくなって、立派なお嫁さんになって、幸せになるまで見届けたいのですが、大きくなって父に会いたいときは、九段（靖国神社）へいらっしゃい。そして心に深く念ずれば必ず、御父様の顔がお前の心の中に浮かびますよ。（中略）
大きくなって私のことを考え始めた時に、この便りを読んでもらいなさい。

妹へ　元陸軍伍長、十八歳

（両親を空襲で亡くし、一人生き残った妹に送ったもの）
なつかしい静ちゃん！おわかれの時がきました。兄ちゃんはいよいよ出げきします。
この手紙がとどくころは、沖なわの海に散っています。思いがけない父、母の死で、幼い静ちゃんを一人のこしていくのは、とてもかなしいですが、ゆるして下さい。

兄ちゃんのかたみとして静ちゃんの名であづけていたゆうびん通帳とハンコ、これは、女学校に上がるときつかって下さい。時計と軍刀も送ります。これも木下のおぢさんにたのんで、売ってお金にかえなさい。兄ちゃんのかたみなどより、これからは静ちゃんの人生のほうが大じなのです。もうプロペラがまわっています。さあ、出げきです。では、兄ちゃんいきます。泣くなよ静ちゃん。がんばれ！

――――この遺書を、整備担当の大野沢隊員に託し出撃した。

多くの遺書を掲載したいのですが、以上でご容赦下さい。

特異な例を紹介します。

元陸軍中尉は、熊谷陸軍飛行学校で少年飛行兵の教育を担当し「お前達だけを死なせはしない」と繰り返し生徒に語って彼は、自らも特攻を志願した。彼には妻と幼い二人の子供がいた。

そんな夫の固い決意を知った夫人は「私達が居たのでは後顧の憂いになり、活躍できないでしょうから、一足先に逝って待ってます」という遺書を残し、二人の幼児と共に入水自殺した。

藤井中尉は、その5ヵ月後出撃したが、その時に既に亡くなっていた二人のわが子にあてた遺書がある。

「冷たい十二月の風の吹き荒《すさ》ぶ日、荒川の河原の露と消えし命。母と共に殉国《じゅんこく》の血に燃ゆる父の意思に添って一足先に父に殉じた哀《あわ》れに悲しい然《しか》も笑っている如《ごと》く喜んで母と共に消え去った幼い命がいてほしい。

父も近く後を追って行ける事だろう。嫌がらずに今度は父の膝《ひざ》の懐《ふところ》で、だっこして寝んねしようね。（中略）

父ちゃんは戦地で立派な手柄をたてお土産にして参ります。では、〇〇ちゃんも□□ちゃんも、それまで待ってて頂戴」

おわりに

出撃を命じた指揮官、出撃した隊長、見送った人々、誰もが現代では想像もできない波乱の時代に身を委ねた事象であった。

特攻戦士、即ち日本人の心は、将来永久に受け継がれて行かねばならない。

昨今は、個人の尊厳と自由が履き違えられて、自己本位に走り、世の為に貢献する気持ちが薄れていると思われる。

然しながら、近年になって、特に若い世代の方々で、この心を失われていないと感じさせられる行動に接することが多くなって来たことは誠に心強いことである。

ある人は言った。「平和を欲するならば、戦争を正しく理解しなければならない」と。私のように、あの12月８日の放送を聞き、戦時を経験し、８月15日の玉音放送を聞いた者が、後の世に伝えて、そして、その炎が更に大きくなっていくことを願っている。

主要参考文献

『特別攻撃隊』牧野喜久男　毎日新聞社
『特攻へのレクイエム』工藤　雪枝　中央公論社
『陸海軍航空特別攻撃隊全史』竹田恒徳　特攻隊戦没者慰霊平和記念協会
『特攻の真意』神立尚紀著

紙面の整理上、原稿から一部割愛いたしました。

第2章 これまで伝えて下さった方々

これまで伝えて下さった方々

第1回　平成22年4月30日

◎工藤　澄　氏（大正14年生）陸軍特別幹部候補生　航空整備下士官

所沢の陸軍航空整備学校を卒業し航空整備下士官に。水戸教導飛行師団にいた時に艦載機グラマンの空襲を受け悲惨な光景を見た。首都防空戦隊。

第2回　平成22年5月30日

◎神馬　文男　氏（大正15年生）海軍上等飛行兵曹

昭和16年海軍飛行予科練習生で入隊。零式水上偵察機偵察員、開戦から終戦まで海軍に在籍。昭和20年8月9日に朝鮮半島の羅津から舞鶴へ行く途中で不時着水。興南からシベリアへ連行。

第3回　平成22年7月20日

◎石井　仁行　氏（大正9年生）横須賀海兵団

21才で応召、23才の時に駆逐艦響《ひびき》の通信士として『キスカ島救出作戦』に参加。鹿屋航空隊神雷特別攻撃隊の基地通信士。特攻機「桜花」のベニア張りの操縦席を見た時、物資の窮乏を実感し愕《がく》然《ぜん》とする。修身の授業で佐久間艇長を学び実践、メモは戦後キスカ救出作戦の貴重な資料に。

第4回　平成22年8月　日

◎柴田　政雄　氏（昭和3年生）土浦海軍航空隊乙第20期飛行予科練習生
伏竜特攻隊特攻要員。鳥羽で特攻基地作り／戦後、掃海艇で機雷処理、船の中では「柴田兵曹」と旧海軍の階級がそのまま生きていた／浮浪児の面倒を見る為に掃海艇を下りる。

第5回　平成22年9月19日　厚別区と共同開催　【第1回大会　厚別区民センター大ホール】祖父達の戦争体験を伝える

◎工藤　澄　氏　陸軍　航空整備士

◎富樫　春義　氏　海軍航空隊　彗星艦上爆撃機　操縦員

◎柴田　政雄　氏　海軍航空隊　伏竜特攻隊　特攻要員

第6回　平成22年10月13日

◎高橋　訓治　氏（大正9年生）海軍航空隊第54期操縦練習生
零式水上偵察機（3座）操縦員、真珠湾作戦に参加、AL作戦、キスカ島上陸前の偵察飛行、キスカ航空隊、パラオ航空隊で終戦。（平成25年12月8日逝去）

第7回　平成22年11月17日

◎神馬　文男　氏（大正15年生）海軍上等飛行兵曹
水上偵察機偵察員／シベリア抑留体験を語る。朝鮮半島の興南から船でナホトカへ。炭鉱の労働、トイレの話、食べられる物は何でも食べた。帰国したのは3年後。

第8回　平成22年12月11日

◎富樫　春義　氏（大正14年生）海軍土浦航空隊第15期飛行予科練、操縦員、上等飛行曹長
艦上爆撃機「彗星《すいせい》」の503航空隊は特に良く訓練された部隊。サイパンでB24と空中戦、空中爆弾で3機撃墜、大東亜戦争での天王山の戦い「渾《こん》作戦」で敵輸送船を爆撃、戦場離脱時に撃墜され不時着、ビアク島に漂着。終戦後の抑留地はマレーシアのペナン。（平成26年10月逝去）

第9回　平成23年1月15日

◎工藤　澄　氏（大正14年生）陸軍特幹出身、陸軍航空隊整備下士官
戦時中より大変だったといわれる終戦後の話。復員後国鉄に再就職。汽車が破壊され仕事は忙しい。食料難で生産部という食料調達係で農家を廻る。米と交換する為に製塩までした。

第10回　平成23年2月12日

◎武蔵　哲　氏（大正10年生）独立歩兵282大隊第1中隊第1小隊長（平成27年逝去）

◎小田　英孝　氏（昭和2年生）戦車11連隊第4中隊、少年戦車兵
「占守島の戦い」の話。終戦後、武装解除を進めていた。8月18日未明に突然侵攻してきたソ連

軍と戦い制圧。その後、シベリアへ抑留される。ロシア人にタコの食べ方を教える。

第11回　平成23年3月5日

◎澤田　光義　氏（大正8年生）旭川歩兵第28連隊、陸軍曹長、暁部隊

昭和15年3月、現役入隊、兄の勧めで下士官候補生に。船舶工兵の訓練、4千トン級の船の操船や港湾を視察し何隻の船が入るかなど。ガダルカナル撤収作戦の為の撤収地現地調査を行った。

第12回　平成23年4月2日

◎多田　功　氏（大正14年生）海軍飛行予科練生 特別乙1期生　上等飛行曹長

海軍の搭乗員大量養成の特乙第一期生。昭和18年4月入隊、厳しいスケジュールで予科、本科を1年で修了し実戦配備。同期生約1400名の約半数が戦死。鈴鹿航空隊白菊特攻隊特攻要員。

第13回　平成23年5月7日

◎柴田　政雄　氏（昭和3年生）海軍土浦航空隊乙第20期飛行予科練生

伏竜特攻隊。生き残った特攻隊員の戦後の活躍。アフリカザイールに鉱山技師として赴任。賄賂社会の共産世界に希望は無い、人種差別、ボンゴ、マタビシで逞しく生きる住民、友情の話。

第14回　平成23年6月4日

◎川森　正二　氏（大正8年生）陸軍中野経理学校卒、主計下士官、軍曹

『キスカ島救出作戦』で、キスカ島の兵舎から海岸までを打合せを含め13回往復、キスカから奇

跡の生還をした一人。キスカ撤収後は占守島に配置され終戦後はソ連軍と「占守島の戦い」。そしてシベリア・マガダンへ抑留され強制労働。（平成25年9月逝去）

第15回　平成23年7月9日

◎高橋　訓治　氏（大正9年生）海軍航空隊、零式水上偵察機パイロット

パラオ航空隊での話

第16回　平成23年9月3日

◎浅利　正雄　氏（昭和3年生）海軍軍属、横須賀軍事部第51警備隊

占守島《しゅむしゅとう》の日魯《にちろ》漁業の発電所の仕事の給与300円につられて応募。日魯漁業の従業員2500人。終戦後、ソ連が攻めて来た時、女子工員400人の独航船の引揚の一部を港で見守る

第17回　平成23年10月29日

◎冨樫　春義　氏（大正14年）艦上爆撃機「彗星《すいせい》」操縦員　上等飛行曹長

「渾《こん》作戦」で撃墜されビアク島に漂着。陸上部隊最後の攻撃前日に方面軍司令官、搭乗員らに転進命令が下る。数カ月後に来た水偵機の機長に搭乗を拒否されるが予科練の先輩が「乗れ、俺が責任をとる」とジャワ島スラバヤへ。原隊の503空彗星《すいせい》艦爆隊は殆《ほとん》ど戦死して解散していた。

第18回　平成23年11月26日

◎相馬　隆義　氏（昭和21年生）元、陸上自衛隊　警備隊一佐

「自衛隊の国際貢献について」、他、最近の防衛や演習のエピソード等も。「戦争体験を正しく伝える会」を、70年前の戦時中から現代へとつないでくれた。

第19回　平成24年1月21日

◎西田　秀男　氏（大正８年生）　陸軍主計少佐、陸軍経理学校１期生

先の大戦の理解にアヘン戦争まで遡《さかのぼ》る／警察予備隊、陸上自衛隊陸将（少将）、自衛隊で過去２回だけ編成されたオリンピック支援のための部隊「五輪支援集団」の司令として部隊を率いた。

第20回　平成24年2月24日

◎伏見　一　氏（昭和３年生）　南方航空通信士、陸軍二等兵

シンガポール昭南島、サイゴンに駐留、戦後ベトナムに残留した日本軍兵士もいた。

◎綿谷　正　氏（昭和４年生）昭和19年８月、海軍三重航空隊入隊　第23期飛行予科練習生。

予科練の授業や訓練の話、南海大地震に遭遇、20年３月には大部分が各基地に派遣された。

第21回　平成24年3月31日

◎八木　忠雄　氏（大正10年生）陸軍主計大尉、陸軍経理学校三期生

「昭和19年頃の思い出」、陸軍主計少尉任官　満ソ国境駐屯歩兵第43連隊、昭和19年／海上機動第２旅団附（陸軍主計大尉）、南方の赴任地は、フィリピン、蘭印セレベス、

第22回　平成24年4月28日

◎八木　忠雄　氏（大正10年生）陸軍主計大尉、陸軍経理学校三期生
満州ソ連国境警備軍、兵站《へいたん》、石原参謀の話、終戦後シンガポールで終戦事務。マレー方面軍7万人、南方軍20万人が小さなレンバン島に抑留され食料不足に。

第23回　平成24年6月2日

◎長谷川竹二郎　氏（昭和2年生）宝塚海軍航空隊予科練習生
城山三郎著『硫黄島に死す』の中の『軍艦旗はためく丘に』の宝塚航空隊予科練習生。グラマンの銃撃で撃沈された船に乗っていた106名のうち生き残った約20数名の中の一人。

◎桝谷　博子　氏（大正15年）**北部軍司令部防空指揮所、女子通信隊**
終戦の日、ソ連軍侵攻中の樺太から司令部に「何故反撃してはいけないのか、部下はどうする」の電話が。

第24回　平成24年6月30日

◎山崎　健作　氏（昭和2年生）**大刀洗《たちあらい》　第15期乙　陸軍少年飛行兵　空中勤務**（**操縦員**）**伍長**
陸軍パイロット大量養成1期生。台湾で飛行訓練に励む、天号作戦（特攻）の第一陣として出発したが着任したのは海上偵察を主任務とする航空隊だった。

第25回　平成24年8月4日

◎澤田　光義　氏（大正8年生）**陸軍船舶部隊**（**通称　暁部隊**）、**作戦参謀付下士官、曹長**

参謀に、ガダルカナルの一木支隊は澤田の原隊です、という一言から撤収作戦が発議されたか。
作戦会議は戦艦大和で、甲板上で食料用に牛や豚を飼っていたのには吃驚《びっくり》。

第26回　平成24年８月22日【第２回大会　厚別区民センター大ホール】英霊からのメッセージ

◎富樫　春義　氏　◎小田　英孝　氏　◎山崎　健作　氏

第27回　平成　平成24年９月８日(土)

◎伊藤　義顕　氏(大正５年生)　第七師団、飛行場、建築第59中隊

第二乙ながら28才で応召入隊。旭川から飛行場建設中隊でニューギニアのサルミへ上陸。米軍はこの島を通り過ぎ日本軍も来ず、マラリアや飢餓で中隊の８割が殉職し、班では私だけが生存。

第28回　平成24年10月６日　・ＤＶＤ『凛として愛』上映

◎真野　甚一　氏（大正12年生）満州24師団７９５連隊　野砲　少尉

飛行場守備隊として満州からカロリン諸島メレヨン島へ上陸した時には日本軍は後退し米軍もこの島を通り過ぎた。補給も無く部隊の多くがマラリアや餓死で殉職、戦死、「戦死とは何ぞや」。

◎田中　文夫(昭和４年生)　空第24期飛行予科練習生

兄が出征する時、仏壇の前で父と向かい合って黙って酒を飲んでいた光景が忘れられない。

第29回　平成24年11月24日

◎中川　昌三　氏（大正15年生）海軍土浦航空隊 甲種13期飛行予科練習生

当時一等国は戦争で片をつけた。アッツ島玉砕の慰霊行進する。狸小路中川ライター店社長。

◎北澤豊次郎　氏（大正12年生）第七師団熊部隊、機関銃中隊

昭和19年「決号作戦」で北海道も第一線配備に。網走で要塞構築。夜間、機関銃搬送訓練で転落して下敷きなり重傷、野戦病院へ、戦後も治療し続けた。戦後は未電化地域の電気事業に奮闘。

第30回　平成24年12月22日

◎野俣　明　氏（大正15年生）陸軍士官学校本科　船舶　候補生

終戦直後の士官学校での徹底抗戦派の様子。自宅に戻り木銃《もくじゅう》を担《かつ》ぎ、野に伏《ふ》し山に隠《かく》れ草を食《は》んでも再起を図る（米軍と戦う）と誓う／自衛隊調査学校の校長はマレーの藤原諜報機関の藤原氏。

第31回　平成25年1月19日

◎金子　弘　氏（大正14年生）　広島県、大竹海兵団

山口県防府海軍通信学校卒。海兵団の教育隊時代の罰直で精神的に強くなった話や当時の若者の気持、戦後、米軍の上陸用舟艇で上海から復員者を運んだ。

◎金澤　欣哉　氏（大正14年生）大刀洗陸軍飛行学校　第1期特別幹部候補生（特幹）

戦争体験談を語る人の中で空想を語る人がいる。特攻隊員でも無い者が特攻の生き残りだとラジオで語り、飛行機に触わってもいない者が航空特攻であるという、正しく伝えていない、など。

◎伏見　一　氏（昭和2年生）南方航空通信士

無線暗号の解き方。マニラから平文で「我転進ス」の電波が入った時の騒然とした様子と沈黙。復員前にサンジャックの村長に残ってくれと頼まれた。現地に残留した兵士の話等。

第32回　平成25年2月9日

◎山崎　健作　氏

台湾での航空隊での話、現在の私達へのメッセージ　主宰者、アジア地図の策略を糺す

第33回　平成25年3月16日

◎舎川　千尋　氏（大正15年生）食料増産部隊

食料増産部隊の話、戦時中の小樽、真駒内の米軍家庭の話。小樽に進駐の黒人軍曹が自宅に遊びに来て何故日本はアメリカまで攻めてこなかったのかと泣いたという話。

◎平井　肇　氏（大正11年生）第24師団第22連帯第３大隊司令部付下士官、軍曹

昭和19年満洲から沖縄へ。20年、米軍が上陸、大隊が首里から後退中に本隊からはぐれるが合流すべく彷徨する。艦砲の巨大な穴、来襲する敵機、電線に絡まり動けない馬。武器も無く海岸を歩くうち多数の米兵に囲まれ捕虜に。収容所で黒人兵が米兵は日本人の柔道を恐れてるという。

第34回　平成25年4月13日

◎北澤　豊次郎　氏（大正12年生）　第７師団熊部隊機関銃中隊

修身の授業でエジソンを学び感激。昭和19年、家に発電機を設置し電灯を付けてから出征。

第35回　平成25年5月18日

◎青木　満夫　氏（大正12年生）択捉島守備隊

昭和19年召集、択捉島守備隊で陣地構築。その後、横浜で警備に付き、倉庫から衣類を盗難した朝鮮人部落を取り調べた。など。（平成26年逝去）

第36回　平成25年6月15日

◎小城　照美　氏（大正15年生）陸軍幼年学校、士官学校

士官学校本科で終戦、戦後自衛隊。「節約は大切な徳目、質素に暮らす事を忘れずに、万葉集、平家物語他、日本の美点を知る事」

第37回　平成25年7月20日

◎金子　亘昭　氏（昭和2年生）海軍土浦航空隊乙種予科練習生19期、震洋艇特攻要員

飛行機に乗れそうもないので志願して爆装ボート震洋艇搭乗員に。九州川棚での訓練を終え19期生は上海に配備される。震洋艇が中国製で不安があり共同租界に面する川で試運転して楽しむ。

第38回　平成25年8月22日

◎山崎　健作　氏（昭和2年生）陸軍航空隊　空中勤務者

生き残った人は幸せだが戦死した戦友を不幸とは思わない。同じ気持ちだと想う／同期生が特攻に飛び立つのを飛行場に駆け付け握手をして見送る姿が当時のニュース映画に記録されていた。

第39回　平成25年9月28日【第3回大会　厚別区民センター大ホール】英霊からのメッセージ

◎伏見　一　氏（昭和３年生）南方航空通信士

シンガポールからマニラに到着して直ぐに「ここは危険だ」と平穏なサイゴンへ赴任。終戦で英米軍が進駐してきた時の国柄の違い、米軍の雑用で輸送機の通信士としてシンガポール往復。

◎金子　亘昭　氏（昭和２年生）土浦航空隊、予科練習生乙19期生

特攻を志願して「震洋」艇の特攻隊員で上海へ。四国に配属された同期生は終戦後の16日、未熟な見張員が漁船を敵艦と報告。震洋隊が陸上でエンジンを始動、手順違いで爆発し全員が殉職。

◎山崎　健作　氏（昭和2年生）台湾 独立飛行第49中隊　空中勤務者

戦後、少年教育のために青空会を立ち上げた話。先の戦争は仕方がない、戦わなければならなかった。空中戦の訓練中ガス欠でエンジンが停止、海上すれすれで再始動して基地へ辿り着く。

第40回　平成25年11月23日

◎菅　忠明　氏（昭和３年生）陸軍伍長　第七練習飛行隊と空５０４部隊所属

京都駐屯の飛行場整備大隊。午前は飛行学校生徒であり実戦部隊にも配備。敵ムスタング戦闘機は生意気にもコックピットを開けてこちらを見下ろしながら襲撃して来た、皆で撃墜した。

第41回　平成25年12月23日

◎吉留　文夫氏（大正15年生）人間魚雷「回天」搭乗員、予科練甲13期を当会代表の山口裕史が

取材した時の録音を聞く。イ号潜水艦で2度出撃。昭和20年5月の海軍記念日、敵艦発見、回天隊は搭乗して待機、一番艇出撃、命中。二番艇出撃、自爆。自身は艇が冷走状態で出撃できず。

第42回　平成26年1月17日

◎岡田　英雄　氏（昭和2年生）　専門学校生徒

士官学校に合格するが朝鮮半島の京城で終戦、朝鮮半島からの引き揚げが始まった、

第43回　平成26年3月15日

◎菅　忠明　氏（昭和3年生）第七練習飛行隊、空504部隊

陸軍は飛行戦隊、と海軍は航空隊など陸海軍の違い、パイロット短期養成の時期。

第44回　平成26年4月12日

◎小田　英孝　氏（昭和2年生、山形県在住）少年戦車兵

「占守島の戦い」ソ連を制圧した戦車隊の一員。シベリアから帰国の為、港に向かう汽車の中で共産主義を演説してた男を袋叩きにしたら共産教育が不足だと部隊は再教育に回され帰国延期。

第45回　平成26年5月24日

◎江口　和夫　氏（昭和8年生）満州の星輝中学1年

「満州からの引き揚げの記憶」。中学1年の時に終戦、ソ連が侵攻してきた。牡丹江付近の寧安から日本に向けて逃避行の途中、妹と弟が亡くなる。ソ連兵が来て玄関が血の飛沫で染まった、

上官の奥様が部下家族を守る。今「私の命は次の世代が受継いでくれる、命は永久」。

第46回　平成26年6月21日

◎中野　章　氏（大正15年生）砲兵隊　陸軍二等兵

1次産業（坑木生産）従事者は志願を制限された。昭和20年1月、積丹の山奥で召集を知り札幌へ引き返し3月第七師団砲兵隊に入隊、6月に茨木の部隊へ、食料不足で馬も倒れて死んだ。

第47回　平成26年7月12日

◎特乙1期、多田功氏（第12回平成23年4月講話）宅に同期の横山氏から送られてきた高知テレビ制作『暗き南溟の彼方に』を見る。沖縄特攻に出撃、故障し突入手前で着水してしまう。

第48回　平成26年8月23日【第４回大会　厚別区民センター大ホール】英霊からのメッセージ

◎小田　英孝　氏　戦車11連隊第　少年戦車兵　**◎田母神敏雄　氏**　元航空幕僚長

第49回　平成26年11月22日

◎講話者、突然のキャンセルのため講話中止。

第50回　平成26年12月21日

会議。毎月1回開催する、講話者の意志を後世に伝えてゆく活動である、集録集『英霊からのメッセージ』を発行する、体験者の講話を活字で残すこと。

以上、50回までのまとめ。

最終章

先の大戦を冷静に見てみると、アメリカに敗けても植民地にされず、奴隷にもされず、まして、和暦「平成」の時を刻んでいる事実は奇蹟のように思える。それは、英霊のお陰、日本民族の執念だと思う。国が滅びて消滅するかどうかの戦争だったことなど日本人の記憶から消されている。滅ぼされたく無ければ防衛する事。本書の表紙（カバーの下）や巻末の地図を見ると当時の植民地の状況（小さく宗主国が記入されている）が解る。

沢山の体験談を聞いているうちに、信じていた事が作られたイメージという事に気付いた。それはテレビの終戦記念日の特番で、真珠湾攻撃は大成功だったがミッドウェー海戦で大敗して日本軍は主力空母と搭乗員を失い、これを境に米軍の反撃が始まり、有り余る物量に押され敗け続け、無条件降伏したという話だ。それを素直に信じていた。

しかし判った事は、米軍の反撃に対し粘り強い日本軍の抵抗で目と鼻の先の、南洋庁カロリン諸島トラック基地が攻撃されたのは開戦から約2年後、サイパン島はその半年後だ。それまで日本内地は平穏だった。それは戦って防衛していたからだ。

終戦後の抑留、特に「シベリア抑留」という名の戦いで、奴隷となった日本兵は大勢殺されたが、苛烈な環境でも石炭を掘れば採炭量が増え、組立をやれば完璧に仕上がり、建物を作れば大地震でも倒れなかったタシケントの国立劇場が出来た。これは現地の人の尊敬を集めた。日本人の実直さや裏表のない働きぶり、敢闘《かんとう》精神をロシアに知らしめた。餓死と病死の島レンバン島など、各地の抑留先でも同じ事が言えると思う。

終戦後の朝鮮人の問題、満洲でも朝鮮でも中国でも札幌狸小路、横浜、新潟、全国各地あらゆる所で朝鮮人の狼藉《ろうぜき》の話がでた。掌《てのひら》を返す、日本人の露店を蹴飛ばす、警察の言う事をきかない、暴行、強盗、嘘をつくなど朝鮮人に対して警戒を促す言葉を多くの体験談から聞いた。当然、講話者は誰も口裏《くちうら》を合わせていない。これを伏せたり書き換えたりしては隠蔽《いんぺい》や改竄《かいざん》になってしまう。先の大戦の事実として学ぶ事の一つだ。今現在も強制連行や従軍慰安婦の捏造《ねつぞう》、仏像盗難、領土などの問題を繰り返している。

先の大戦の流れ

戦争終末思想が違う。仕掛けられたから日本は已《や》むを得ず戦った、日本は今までの戦争と同じように敵を撃破して講和を結び平和になるつもりだったがアメリカは日本に上陸して日本人を殺戮《さつりく》して奴隷にして日本を壊滅《かいめつ》させるまで徹底的にやる決意だった。

米国のハル国務長官は支那事変で日本と戦っている中国の重慶《じゅうけい》の蒋介石《しょうかいせき》軍に武器や資金で応援する一方、日本に経済的攻撃をかけて戦争に誘いこんだ。米国は昭和15年9月に暗号解読に成功して日本の外交電を全て傍受し手の内を知っていた。その上で、昭和16年（1936）7月25日に対日資産凍結令、8月1日に石油輸出を停止、オランダ、イギリスも同調し、いわゆるＡＢＣＤ包囲網で日本には石油が一滴も入って来なくなった。また、フィリピンの米海軍長官が7月に海軍力の増強を宣言、陸軍司令部（陸軍大将マッカーサー極東陸軍総司令官）も新設し、着々と対日戦争の準備を進めた。

11月26日アメリカにいる野村と来栖《くるす》両大使は、ハルに新しい提案ハルノートを突き付けられた。内容は前回より厳しく、満洲と仏印からの完全撤退や中国の王兆銘《おうちょうめい》※の政権を認めないこと等だった。東郷茂徳外相は一読して、もう打つ手は無いと理解した。アメリカの戦争準備が万端になったのだろう。日本に残された道は2つ。戦うか、戦わずに奴隷になるか。日本は自存自衛の道を完《まっと》うする。

※王兆銘は日本と戦争を続ける重慶（蒋介石）を命懸けで脱出し日本と協力して戦争を終わらせようと南京に国民政府を樹立した

昭和16年（1941）12月1日、御前《ごぜん》会議で対英米蘭戦決行の聖断は下りた。8日、宣戦布告が米国政府に届いたのは真珠湾攻撃の後だったが、暗号解読で日本の攻撃を事前に知っていた。9日、蒋介石国民政府が日本に宣戦布告してきたので支那事変は正式な戦争となり、今回の戦争を国会で植民地解放の願いを込めて大東亜《だいとうあ》戦争と命名した。

開戦の詔《みことのり》 米英は東洋制覇の野望を平和の美名に隠して重慶の中華民国政府を応援している。しかも日本の周辺の軍備を増強し、経済的圧迫を掛け戦争に誘い込んでいる、東亜の安定と自存の為、一致団結して戦い抜くべし。との陛下のお言葉《ちょくゆ》。

宣戦布告と共に、上海共同租界に進駐、重要施設を占拠、接収した。黄浦江上では米砲艦ウェーキーを降伏せしめ、降伏を拒否した英砲艦ペテレル号を撃沈した

12月８日未明、英領香港を攻撃

ラバウルに上陸

開戦

昭和16年（1941）12月8日、日本はハワイ真珠湾を攻撃するのと同時にアジア各方面に一斉に出撃して、香港（英）、グアム（米）、フィリピン（米）他各地の軍事施設、主要飛行場を襲撃して開戦当日にほぼ西太平洋の制空権、制海権を得た。陸軍は香港を攻撃しイギリスの東洋の牙城シンガポール目指してマレー半島コタバルに上陸するなど進撃を開始した。10日にはマレー沖海戦でイギリスの最新鋭戦艦を航空攻撃で撃沈して全世界を驚《きょう》愕《がく》させた。ビルマ、フィリピンほか、アジア各地の欧米列強軍と激烈な戦いが続いた。

昭和17年1月11日海軍落下傘部隊は蘭印のセレベス島メナドのカカス飛行場に空前の初降下を敢行。空の神兵の猛攻は忽(たちま)ち敵軍を掃討

落下傘部隊の奇襲におびえ敵が仕掛けた竹槍をかいくぐり、わが特別陸戦隊は勇躍マカッサルに突入

惨澹たる敵装甲車。1月24日ボルネオ島の要衝バクリパパン上陸、2月9日セレベスの軍港襲撃し完全攻略

開戦から3ヶ月後の昭和17年3月上旬までにアジアの欧米軍は降伏し、南方の資源地帯、英蘭《イギリスオランダ》領ボルネオ、蘭《オランダ》領スマトラ、ジャワ、セレベス等を占領、戦争の自給自足体制を築き、ラバウルに航空隊を置いて豪州《オーストラリア》までの防衛圏を敷いて進攻作戦は一段落した。ヨーロッパ列強国は、三百年以上かけて築いたアジアの植民地の膨大《ぼうだい》な資源と労働力、富と財産、領土、領海を全て手放すことになった。多くの現地人は白色人種による奴隷支配から開放された。

この年、昭和17年4月、米陸軍のドーリトル爆撃隊が空母から発進して中国の重慶《じゅうけい》な

死闘7日間、2月15日午後7時、白旗を揚げてブキ・テマ高地に現われたマレー軍総司令官エー・イー・パーシヴァル中将が無条件降伏を申入れて終止符

米本土を砲撃／昭和17年2月24日の夜カリフォルニア州サンタバーバラ附近の海上から敵軍事施設に砲撃を加える潜水艦

南方に朗色
生業にいそしむ女達（ボルネオ・クチン）

水浴（マンデー）の後で洗濯（クチン）

どに着陸するコースで日本本土に空襲を行い、東京では民間人50人以上が亡くなった。連敗続きの米軍は6月、ミッドウェー海戦で初めて日本に勝利した。空母1隻を失ったが日本の空母4隻※を沈めた。日本海軍は敗北を秘匿した。

8月、ガダルカナル島に日本軍が作った飛行場を米軍に乗っ取られて日本軍が取り返しに行き全滅し、さらに兵力を投入し日米両軍の島の争奪《そうだつ》戦が始まった。日本は輸送船を片っ端から沈められ手を尽したが補給は僅《わず》かしか届かず兵は戦力にならず18年2月困難な撤退作戦を敢行し成功した。日本海軍は、この補給戦でかなりの艦船を失った。

ガダルカナルでは戦っていたが東南アジア、西太平洋近海で米英蘭軍の出没もなくなり、18年の正月頃は日本はもう戦争は終わるかなと思った。

米軍は真珠湾攻撃とマレー沖海戦から学び航空戦力に特化し、空母を大量に発注、同時にパイロットを大量に育成し、日本軍の驚異的な戦闘機「零戦」の完全なサンプルを墜落した機体から探し求め、完成した空母や新型戦闘機を昭和18年4月頃から戦場に投入した。日本がパイロットの大量採用を始めたのは18年4月、学徒動員は10月だった。

米兵は当初、日本兵を処刑していたが日本兵死者からの捕獲文書は役に立った。昭和

※日本は赤城、加賀、飛龍、蒼龍を失う、米軍はヨークタウンを航空攻撃で中破され、その後、潜水艦で轟沈される

18年2月頃、処刑禁止の通達を出し、捕獲数が増えた。食事や医療などの思いがない捕虜の待遇を与えられると感謝し信頼し、また、日本の為に戦争を終わらせると聞かせると航空写真を見て司令部や高射砲の位置を教え、輸送船の出発日や米軍への反撃日など知ってる限りの重要な情報を齎《もたら》した。信頼性は高く情報通りに日本軍を撃破できた。

ガダルカナル戦は途中で日本軍が撤退したので日米両軍の本格的な戦闘は、昭和18年（1943）5月、アッツ島の日本軍守備隊2600名と約4倍の1万2000名の米軍の戦いだった。米軍司令官が更迭《こうてつ》されるなど頑強《がんきょう》な日本軍と18日間を戦い、米軍を恐れさせた。7月、「キスカ島救出作戦」アッツ島の隣のキスカ島は米艦隊に囲まれて袋のネズミだったが船で日本軍将兵5200人を撤収させた。米軍は2週間に渡り砲撃を加えて島に上陸した。無人に驚いた米司令官は素晴しい(perfect)と感嘆した。また、18年11月、タラワの戦いを「特筆する戦い」と言わせ、19年9月ペリリュー島の戦いは戦後、敵艦隊司令長官がこの島を訪れた旅人よ日本兵の勇気を日本に伝えて欲しいと讃《たた》えた碑が建っている。20年2月、米軍は硫黄島を5日間で占領する予定だったが1ヶ月以上も戦い、想像を超える甚大《じんだい》な損害を強要された。沖縄戦も予想を遥《はる》かに上回る損害を出し、しかも沖縄の海上には特攻機の体当たり攻撃で艦船４００隻が損害を受け、米兵1万人が死傷した。救国の熱意が連合軍に衝撃を与えた。九州、関東への上陸は損害を百万人と見積って躊躇《ちゅうちょ》し延期した。米国は単独占領《せんりょう》を諦《あきら》めソ連に日ソ不可侵条約を破棄《はき》して戦争を始めろと迫り、7月末にポツダム宣言をアメリカから引き出したが、日本はこの条件では受諾《じゅだく》できなかった。8月、長崎に原爆が投下された日にソ連が参戦した。

戦争を終わらせる為に特攻を決断した大西瀧治郎《たきじろう》中将は、昭和19年10月、ダバオ（フィリピン）へ来る前は軍需省の要職にいて、日本の戦力について良く知っていた。「もう重油、ガソリンが、あと半年分しか残っていない。アメリカは敵に回すと恐ろしい国だ。万一、敵を本土に迎えるようになった場合、歴史に見るインデアンやハワイ民族のように、指揮系統は寸断され、闘魂のある者は各個撃破され、残る者は女子供と意気地の無い男だけになり、日本民族の再興の機会は永久に失われてしまうだろう。いかなる形の講和になろうとも、日本民族が将《まさ》に亡びんとする時に、身をもってこれを防いだ若者たちがいたという事実と、このことを聞かれたならば、万世一系の仁慈《じんじ》をもって国を統治され給《たも》う天皇陛下は必ず戦争を止めろ、と仰《おおせ》せられるであろう」。

「命を掛けて敵を防いだ若者と陛下が戦《いくさ》をお止めになったという歴史が残る限り、五百年後、千年後の世に、必ずや日本民族は再興《さいこう》すると信じる」と参謀長に打ち明け作戦を決行した。大西中将は、終戦の翌日、特攻隊員と遺族に詫《わ》びて自決した。

ポツダム宣言、ドイツは本土に侵攻され問答無用に攻撃され崩壊するように降伏した。日本も無条件降伏したと思われているが事実は、国体護持《こくたいごじ》を条件として米側回答もあって受諾《じゅだく》した。しかしＧＨＱは戦後、無条件降伏したかのように宣伝する。

軍隊は武装解除せよ、日本人を奴隷にするつもりは無い、天皇の地位はアメリカが決めない等ポツダム宣言の条件を日本に提示した。日本ではアメリカへの不信感から話し合っても結論がでず、ついに、陛下に決めて頂くことになり、終戦の聖断が下った。

終戦の詔《みことのり》 忍び難《がた》きを忍び、万世《ばんせい》の為に大平《たいへい》を開かんと欲す、総力を将来の建設に傾け、世界の進運に遅れざらんことを期すべし。と陛下が直接ラジオで国民に語られた。

終戦、占領政策ＷＧＩＰ（War Guilt Information Program）戦争犯罪紹介計画（山口訳）

天皇陛下の大命に従い、戦闘を停止し潔《いさぎよ》く粛々《しゅくしゅく》と武装解除した。米 英軍だけでなく、蘭《オランダ》、仏《フランス》、豪《オーストラリア》、支那、ソ連など連合軍すべてに対し戦争を終了した。戦争には敗けたが立派な終わり方だと思った。日本帝国陸海軍は解散、消滅した。

終戦で爆弾が降って来なくなっただけで戦争は続いていた。浮浪児《ふろうじ》は溢《あふ》れ、食糧難など状況は変わらない。海に浮かぶ機雷もそのままで漁業ができず、特に米軍が敷設した関門海峡は凄い数で日本海軍の掃海艇77隻が出動し処理した。日本海軍は生きていた。

外地でも内地でも罪のない人が戦犯として処刑された。蘭《オランダ》領インドのセレベス島メナド落下傘奇襲部隊の司令官、堀内豊秋《ほりうちとよあき》大佐は部下からの人望も高く、占領後の治安にあたり現地人の話を聞いて虜囚を解放したり苦役《くえき》の報酬に食塩を僅《わず》かばかり貰っていた現地人に製塩法を教える為の部隊を作って指導したり子供達に煙草の害を説いたり。戦後、大佐は残虐行為の罪、B級戦犯で銃殺された。罪はA、B、Cの3分類ある。

困難な世であったが戦争が終わり日本人は明るかった。奴隷のように白人を恐れたりしなかったことをGHQは許さなかった。日本を弱体化させる占領政策を日本人の手で行わさせた。新憲法が国会で決まり、文部省が地理科、修身、国史(日本史)の授業を廃止し、修身や古事記が消された。報道機関が制御されて日本は道義的に許されない侵略戦争をして国旗、武道、神道《しんとう》、修身などが軍国主義で日本軍が悪かったと言う宣伝を始め、気付かずに利敵協力する者も。街には進駐軍が溢《あふ》れるが並木路子《なみきみちこ》のりんごの唄が心を癒《いや》した。美空ひばり、プロ野球の再開、昭和24年には湯川秀樹がノーベル賞を受賞するなど一見まるで国家と感じさせる、が報道統制によるもので蔭では米兵の犯罪が頻発《ひんぱつ》し、大事件を隠蔽《いんぺい》する為に帝銀事件、松川事件など冤罪《えんざい》事件が多発したことが福島大学松川事件研修室の調査で明確になっている。昭和25年、朝鮮戦争が始まり公職追放が解除、警察予備隊（自衛隊）が創設され旧軍人も入隊した。国内の米兵は南朝鮮、韓国に出動し空いた米軍の後釜に警察予備隊が入った。米ソの代理戦争で北朝鮮と戦う米軍の要請で朝鮮戦争に日本の掃海艇《そうかいてい》部隊が出動し、交換条件が日本再独立の下地となった。

日本の主権回復（独立）と復興

昭和27年（1952）4月、サンフランシスコ講和条約が発効し日本は主権（独立国）を回復した。国旗国歌武道等の禁止が消滅し、国会で処刑や獄死した戦争犯罪人の名誉を回復。外交回復は日米軍の戦場にした損害等の賠償と東南アジア新興国を経済面で支援するために経済進出を進めた。昭和29年にビルマとの間で賠償金2億ドルで決着したのを皮切りにラオス、インドネシア、南ベトナム、マレーシアも協定が結ばれ、難関のフィリピンには賠償金と経済開発借款の合計8億ドルで合意。久保田発言で中断していた韓国と昭和40年に対日請求権を無償・有償援助5億ドルの経済協力で決着。そして、昭和51年7月、フィリピンに最後の賠償を支払いすべて完了した。

昭和39年（1964）、10月10日、東京オリンピックが開幕。欧米の植民地だった国も独立国として参加した史上最多の参加国、世界一速い新幹線、世界一高い東京タワー、武道館など、世界の進運に遅れることなく、日本の復活を世界に力強くアピールした。日本を守り存続させてくれた当時の国民と数多《あまた》の英霊に感謝と哀悼《あいとう》の誠を捧《ささ》げ奉《たてまつ》る。

おわりに

長い期間にわたり本書の出版に協力頂いた特選隊のスタッフ、地図の年代や部分的校正を協力頂いた東京大学大学院総合文化研究科、杉山清彦先生、正しく伝える会を応援頂いてる皆様、関係各位、また、本書に掲載させて頂いた方々に心よりお礼申し上げます。これからも正しく伝える会を続けていこうと思います。是非一度ご参加下さい。

※**久保田発言**　昭28年（1953）10月15日、財産請求権委員会席上　久保田／韓国側で国会の意見があるからと、そのような請求権を出すというならば日本としても朝鮮の鉄道や港を造ったり、農地を造成したりしたし、大蔵省は、当時、多い年で2千万円も持出していた。これらを返せと主張して韓国側の政治的請求権と相殺しようということになるではないか。洪／あなたは、日本人が来なければ、韓人は眠っていたという前提で話をしているのか。日本人が来なければ、われわれはもっとよくやっていたかも知れない。久保田／よくなっていたかもしれないが、まずくなっていたかもしれない。私見としていうが、当時日本が行かなかったら中国かロシアが入っていたかも知れないと考えている。略　洪／なぜカイロ宣言に「朝鮮人民の奴隷状態」という言葉が使われているのか。久保田／私見であるが、それは戦争中の興奮した心理状態で書かれたもので、私は奴隷とは考えない。略　張／日本が土地を増やしたのは総督府の政策で買ったもので機会均等ではなかった。久保田／日本の為のみでは無い、朝鮮の経済にも役立っているはずだ。洪／久保田さんは互譲の精神とか歩み寄りとかいっているが、当方は歩み寄りの余地はない。出所）『法律時報』第37巻第10号、1965年9月 p48　これに関する国会での説明答弁記録がある。

山口　裕史 Hiroshi Yamaguchi

昭和32年（1957）11月生まれ

戦争体験を正しく伝える会主宰
（平成22年４月より）
九州東海大学工学部中退
月刊トップ入社
有限会社山口商会設立
札幌CMセンター アジアブックス
印刷・出版・編集・広告
フリーペーパー『特選隊』発行

非営利活動団体
戦争体験を正しく伝える会
主な開催場所／札幌市厚別区民センター
責任者　山口裕史　携帯090-1381-7888
tel 011-375-9970　fax 011-375-9971
URL: tokusentai. com
email: info@tokusentai.com : yamaguchi-h@orange.plala.or.jp
年会費 5,000円 ゆうちょ銀行 記号19010 番号2071411

参考文献／『ドキュメント大平洋戦争全史』　亀井宏　講談社／『日本兵捕虜は何をしゃべったか』山本武利　文芸春秋／「日本外交史ハンドブック-解説と資料」　増田弘・佐藤晋　有信堂高文社／学校が教えない『ソ連の北海道占領計画』水間政憲／『8月17日、ソ連軍上陸す』大野　芳　新潮文庫／『領土問題の真実』「国家の盾」水間政憲　PHP研究所／英国人記者が見た『連合国戦勝史観の虚妄』ヘンリーＳストークス／『修羅の青春』鈴木勳／HP『神風』「修羅の翼」角田和男著／写真「大東亜戦争海軍作戦写真記録1」大本営海軍報道部編纂

英霊からのメッセージ（伝言）

戦争体験を正しく伝える会・集録集
戦争体験者が語るドキュメント

発　行　平成27年（2015）８月15日
編集著作　山口　裕史
発行者　山口　裕史
発行所　アジアブックス 札幌ＣＭセンター
〒004-0033 札幌市厚別区上野幌３条３丁目7-13　090-1381-7888
札幌市厚別区厚別中央２条２丁目8-8-203 tel 011-375-9970 FAX 011-38-75-9971
制作データ／札幌ＣＭセンター

印刷所／株式会社 北海道印刷センター
製本所／有限会社 中里製本

ISBN978-4-901333-28-3

巻末の「アジア洲」と「大洋洲」の地図と対の資料

『昭和外國地圖』 昭和13年(1938)2月23日発行

東京開成館編輯所編　師範学校・中学校・高等女学校・実業学校地理科用

アジヤ洲

各國の面積・人口

國名	面積(千方粁)	人口(千人)	密度(1方粁に付人)
日本	675.4	95,144	141
滿洲國	1,303.1	32,556	25
中華民國	9,312.0	421,413	45
シャム	518.0	12,950	25
フィリッピン	296.0	13,055	44
イラン	1,626.0	15,000	9
イラク	302.0	3,300	11
トルコ	739.0	14,675	20
ソヴィエト聯邦	15,178.0	36,000	2
英領インド	4,684.0	366,800	78
英領マラヤ	136.0	4,390	32
佛領インド	0.5	300	600
佛領インド支那	786.0	22,300	30
蘭領インド	1,904.0	64,450	34

各國の主要物產と貿易

滿洲國 (1936年)

主要物產品名	產額(千噸)	輸出	(百万円)	輸入	(百万円)
石炭	9,110	總額	602	總額	691
大豆	4,175	大豆	216		
高粱	3,980	豆粕	216	綿織物	87
粟	3,037	石炭	35		
玉蜀黍	2,099	大豆油	21	小麥粉	27
銑鐵	1,193	落花生	15		
小麥	882	鐵・鋼	10	機械類	38
鐵鑛	472	粟	9		
米	437	日本へ	237	日本より	507

中華民國 (1936年)

主要物產品名	產額(千噸)	輸出	(百万円)	輸入	(百万円)
米	59,000	總額	1,410	總額	1,882
石炭	20,000	蠶絲類	206	金屬類	216
銑鐵	2,000	油脂類	182	機械類	118
棉花	575	金屬・鑛石	112	化學製品	102
錫	20	採油種子	80	染料	82
アンチモニー	18	皮革類	80	綿絲	78
鎢	9	生絲	72	羊毛織物	58
		棉花	56	水產物	34
		日本へ	204	日本より	306

フィリッピン (1936年)

主要物產品名	產額(千噸)	輸出	(百万ペソ)	輸入	(百万ペソ)
米	2,332	總額	136	總額	101
砂糖	1,090	砂糖	66	綿製品	30
コプラ	517	マニラ麻	22	鐵・鋼製品	22
麻	180	コプラ	21	石油	14
				紙	6
煙草	32	煙草	12	小麥粉	6
金	13	日本へ	10	日本より	24

英領インド (1936年)

主要物產品名	產額(千噸)	輸出	(百万円)	輸入	(百万円)
米	42,288	總額	1,143	總額	952
小麥	9,880	棉花	215	綿製品	147
甘蔗糖	3,600	黄麻	161	機械類	91
綿花	1,300	茶	133	金屬・鑛石	84
黄麻	1,161	米	77	石油	49
菜種	909	採油種子	70	船車	35
茶	565	日本へ	306	日本より	276

シャム (1936年)

主要物產品名	產額(千噸)	輸出	(百万円)	輸入	(百万円)
米	4,938	總額	143	總額	98
パラゴム	12	米	82	綿花	17
煙草	10	錫	21	原油	10
				金屬・機械	9
胡椒	1.7	ゴム	10	煙草	4
棉花	1.8	チーク	4	麻袋	4
錫	16	日本へ	3	日本より	25

蘭領東インド (1935年)

主要物產品名	產額(千噸)	輸出	(百万円)	輸入	(百万円)
原油	6,083	總額	376	總額	248
甘蔗糖	509				
米	5,676	原油	71	綿製品	67
コプラ	486				
ゴム	299	ゴム	57	飲食料品	56
コーヒー	110	茶	30		
茶	71	砂糖	29	金屬	21
煙草	42	煙草	29	化學製品	21
錫	11	日本へ	78	日本より	143

主要都市・人口

都市	千人
滿洲國	
哈爾濱	458
奉天	443
新京	248
吉林	129
營口	124
齊齊哈爾	97
安東	89
撫順	67
中華民國	
上海	3,259
天津	1,387
北京	1,298
廣東	861
成都	800
漢口	780
重慶	635
南京	633
溫州	631
長沙	607
武昌	600
杭州	507
蘭州	500
青島	390
福州	323
濟南	300
蘇州	260
廈門	250
開封	234
寧波	223
鎮江	219
汕頭	200
貴陽	179
蕪湖	150
[illegible]	135
[illegible]	132
沙市	114
宜昌	110
庫倫(ウランバートル)	110
拉薩	20
香港	
ヴィクトリヤ	373
佛領インド支那	
ハノイ	129
サイゴン	109
シャム	
バンコク	493
ビルマ	
ラングーン	400
マンダレー	148
英領マラヤ	
シンガポール	433
ジョージタウン	140
英領インド	
カルカッタ	1,486
ボンベイ	1,161
マドラス	647
ハイデラバード	467
[illegible]	447
ラホール	430
[illegible]	264
[illegible]	205
[illegible]	182
[illegible]	174
[illegible]	160
[illegible]	122
セイロン	
コロンボ	234
アフガニスタン	
カブール	80
蘭領東インド	
バタヴィヤ	437
スラバヤ	337
サマラン	218
パレンバン	109
英領ボルネオ	
サンダカン	14
フィリッピン	
マニラ	341
イラン	
テヘラン	360
タブリーズ	220
イラク	
バグダッド	250
モスル	60
バスラ	50
トルコ	
スミルナ	171
アンゴラ	124
シリヤ	
ダマスカス	194
アレッポ	177
ベイルート	135
パレスタイン	
イェルサレム	105
アラビヤ	
メッカ	130
アデン	48
メヂナ	30
ソヴィエト聯邦	
バクー	710
タシケント	491
チフリス	401
ノヴォシビルスク	278
オムスク	227
ウラヂヴォストック	190
イルクーツク	158
サマルカンド	155
ニコライエフスク	141
トムスク	128
チタ	82

大洋洲

各國領地の面積・人口

國名	面積(千方粁)	人口(千人)
英領	8,466	9,636
オーストラリヤ聯邦	7,704	6,706
ニュージーランド	268	1,554
英領パプア	470	950
其他	24	426
佛領	23	100
ニューカレドニヤ	19	60
其他	4	40
米領	17.7	410
ハワイ	17	20
グァム	0.5	380
サモア	0.2	10
日本領	2.1	103

主要都市・人口

オーストラリヤ聯邦	人口(千人)
シドニー	1,264
メルボルン	1,028
ブリスベーン	334
アデレード	314
パース	208
ニューカッスル	106
ホバート	62
タウンスヴィル	27
カンベラ	7
ニュージーランド	
オークランド	223
ウェリントン	148
クライストチャーチ	132
ハワイ	
ホノルル	142
ヒロ	15

ハワイの人種別人口

	(人)
總人口	368,336
日本內地人	139,631
朝鮮人	6,461
フィリッピン人	63,052
英米獨露人	44,895
混血ハワイ人	28,224
ポルトガル人	28,588
支那人	27,179
ハワイ人	22,636
ポートリコ人	6,671
スペイン人	1,219

オーストラリヤ聯邦の主要取引國 (1936年)

國名	輸出(千磅)	輸入(千磅)
イギリス	68,250	33,837
アメリカ合衆國	9,343	13,901
カナダ	1,332	5,375
日本	17,661	4,969
オランダ及東インド	1,281	4,928
インド	973	2,732
ドイツ	2,368	2,963
ニュージーランド	4,396	1,773

オーストラリヤ聯邦の主要產業

主要產業	產額(千磅)
農業	68,587
牧畜	74,556
酪農・家禽・養蜂	44,763
林業・漁業	10,856
鑛業	19,949
工業	187,349

農產物耕作面積 (1935年)

	(千エーカー)
小麥	12,544
燕麥	1,561
大麥	455
玉蜀黍	294
牧草	3,178
馬鈴薯	130
甘蔗	322
葡萄	117

鑛產物產額 (1935年)

	(千磅)
金	7,971
銀・鉛	4,022
亞鉛	763
銅	606
石炭	6,646

日濠貿易 (1936年)

日本より	(百万円)	濠洲より	(百万円)
總額	75	總額	235
人絹布	22	羊毛	182
		小麥	30
綿布類	15	鑛石	5
		亞鉛	2
陶磁器	2	皮革	2

オーストラリヤ聯邦の主要貿易品 (1936年)

輸出	(百万磅)	輸入	(百万磅)
總額	107.8	總額	85.2
羊毛	52.3	綿布・麻布	4.3
小麥	14.0	ガソリン	4.3
肉類	12.0	自動車類	6.5
金	9.0	絹布	2.7
バター	8.7	化學製品	3.5
皮革	5.6	電氣器械	3.3
小麥粉	4.5	茶	2.0

ニュージーランドの主要貿易品 (1936年)

輸出	(千磅)	輸入	(千磅)
總額	46,538	總額	36,317
バター	13,616	織物類	6,719
凍肉	12,768	自動車類	4,165
羊毛	7,079	鐵鋼	3,740
チーズ	4,376	機械類	3,643
皮革	2,410	石油	1,791
金	1,441	煙草	704
日本へ	6(百万円)	日本より	11(百万円)

※「アフリカ洲の各国領地の面積・人口と主要都市・人口と各国の主要物産と貿易、エジプトと南アフリカ連邦」　省略

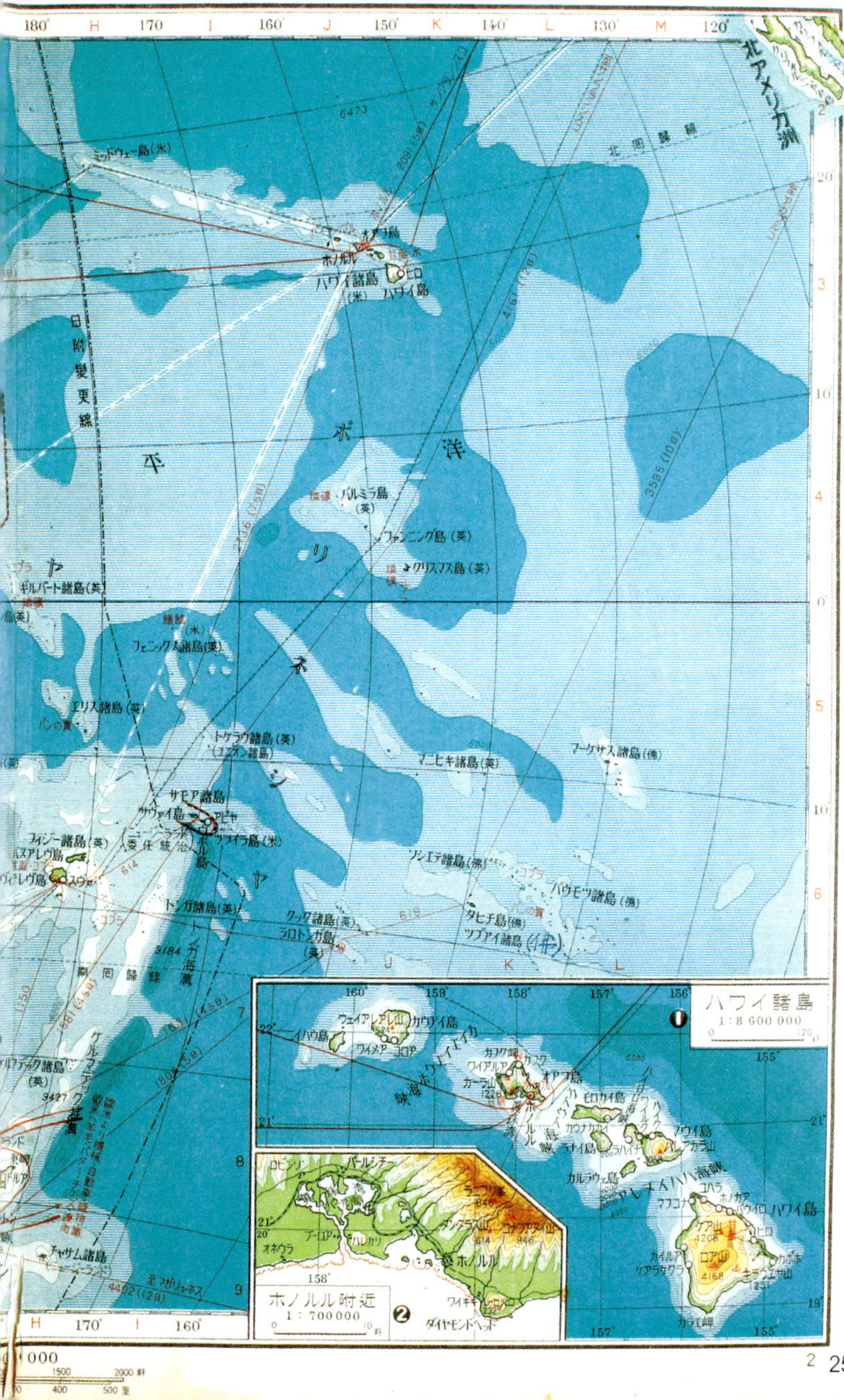
北アメリカ洲
北回帰線
ミッドウェー島(米)
オアフ島
ホノルル
ヒロ
ハワイ諸島
(米)
ハワイ島
日附變更線
平
ポ
リ
ネ
シ
ヤ
洋
パルミラ島
(英)
ファンニング島(英)
クリスマス島(英)
ギルバート諸島(英)
フェニックス諸島(英)
エリス諸島(英)
トケラウ諸島(英)
(ユニオン諸島)
マーケサス諸島(佛)
マニヒキ諸島(英)
サモア諸島
サヴァイ島
アピヤ
ツツイラ島(米)
フィジー諸島(英)
ヴィティレヴ島
スヴァ
ニュージーランド委任統治
トンガ諸島(英)
トンガ海溝
ソシエテ諸島(佛)
パウモツ諸島(佛)
タヒチ島(佛)
クック諸島(英)
ラロトンガ島
(英)
ツブアイ諸島(佛)
南回帰線
ケルマデック諸島
ケルマデック海溝
チャサム諸島
ハワイ諸島
1：8 600 000
ニイハウ島
カウアイ島
ワイメア
コロア
カアイイ海峡
オアフ島
カーラ山
モロカイ島
ラナイ島
マウイ島
ハレアカラ山
ハワイ島
マウナケア山
ロア山
ヒロ
ホノルル附近
1：700 000
ホノルル
ダイヤモンドヘッド
ワイキキ

第一圖

東京
京城
釜山
南京
上海
中華民國
香港
日本
アジア洲
小笠原諸島
硫黄列島
南鳥島
ウェーク島(米)
フィリッピン諸島
マニラ
フィリッピン海溝
9788
エムデン海溝
10793
サイパン島
マリヤナ群島
マリヤナ海溝
9835
日本委任統治南洋群島
マーシャル群島
ヤップ島
パラオ諸島
パラオ海溝
8138
トラック島
ポナペ島
ヤルート島
カロリン群島
ミクロネシア
太平洋
ザンボアンガ
セレベス海
ボルネオ島
セレベス島
モルッカ諸島
アドミラルチー諸島
(ビスマーク諸島)
(オーストラリヤ委任統治)
ビスマーク諸島
ラバウル
ニューブリテン島
ソロモン諸島(英)
ギルバート島
(英委任統治)
(ニュージーランド委任統治)
パプア島
ジュニー山
4785
アンボイナ
バンダ海
マカッサル
小スンダ諸島
チモル島
アラフラ海
アル諸島
ポートモレスビー
木曜島
ヨーク岬
ヨーク半島
サンタクルーズ諸島
珊瑚海
メラネシア
ニューヘブライズ諸島
(英・佛)
ニューカルドニヤ島
(佛)
ヌーメア
ダーウィン
アルネムランド
カーペンタリヤ湾
ウィンダム
キンバーレーランド
ブルーム
北部地方
クックタウン
タウンスヴィル
クロンカリー
大サンディー沙漠
北西岬
オーストラリヤ
クィーンスランド州
ロックハンプトン
アリススプリングズ
ギブソン沙漠
西オーストラリヤ州
大ヴィクトリヤ沙漠
スチープ岬
ジェラルトン
カルグールリー
南オーストラリヤ州
ブリスベーン
ノーフォーク島
パース
フリマントル
オーストラリヤ大湾
エスペランス
リウイン岬
アルバニー
ポートオーガスタ
ニューサウスウェールス州
シドニー
カンベラ
ヴィクトリヤ州
メルボルン
アデレード
バス海峡
タスマニヤ島
ホバート
タスマン海
北岬
北島
エグモント山
2520
クック山
3768
南島
クライストチャーチ
ニュージーランド
ダニデン
スチュアート島
インド洋

1:50

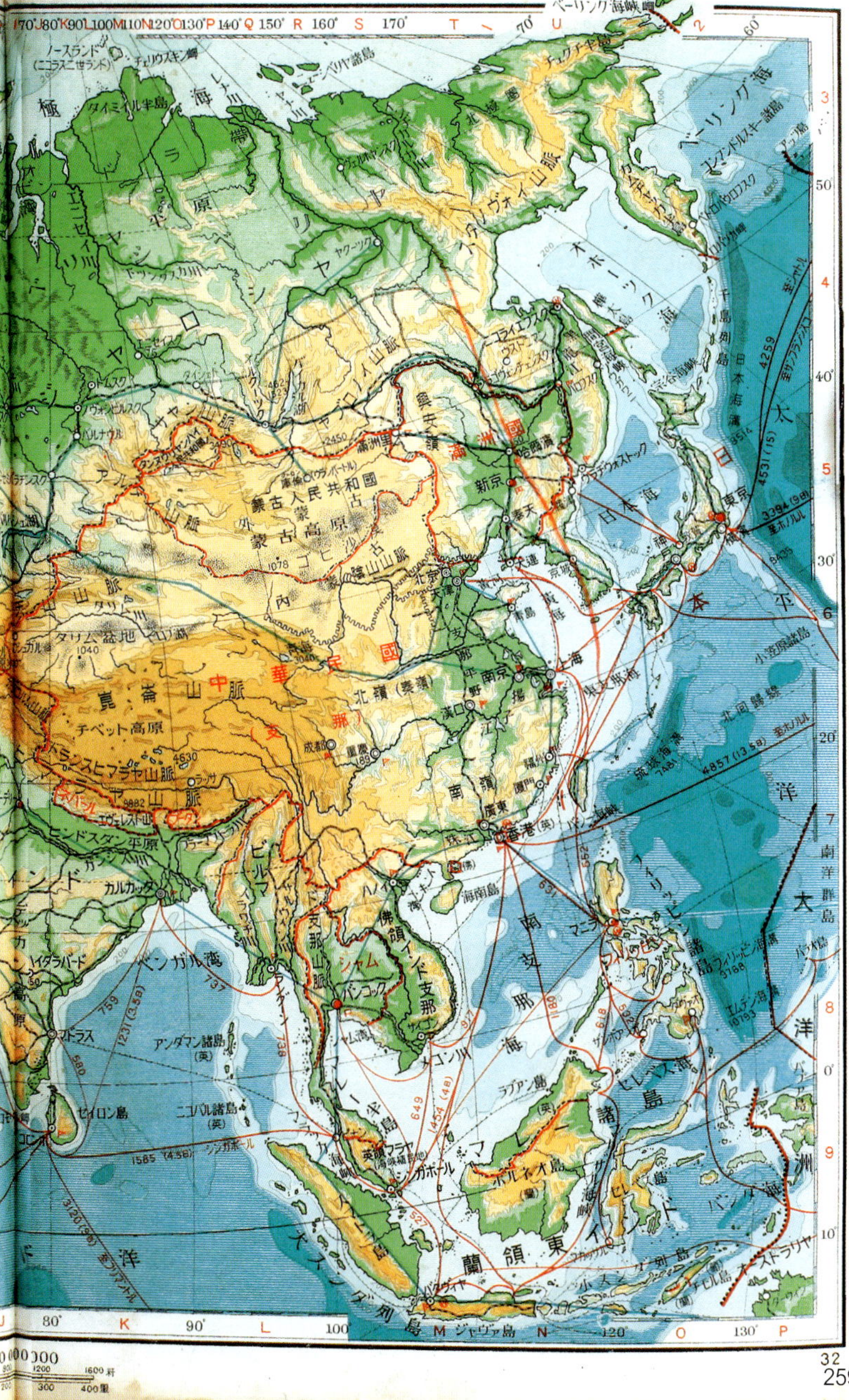
ベーリング海峡
東岬
ノースランド
(ニコライ二世ランド)
チェリウスキン岬
ニューシベリア諸島
タイミール半島
チュクチ半島
ベーリング海
コマンドルスキー諸島
アッツ島
ペトロパウロフスク
カムチャツカ半島
ヤクーツク
スタノヴォイ山脈
オホーツク海
樺太
千島列島
日本海溝
ニコライエフスク
アレクサンドロフスク
ウラジヴォストック
ハバロフスク
満洲國
哈爾濱
新京
奉天
大連
京城
日本海
東京
横濱
神戸
日本
太平洋
至ホノルル
至サンフランシスコ
蒙古人民共和國
外蒙古
内蒙古
蒙古高原
ゴビ沙漠
ウランバートル
陰山山脈
北京
天津
青島
黄海
南京
上海
東支那海
漢口
成都
重慶
揚子江
中華民國
支那
南嶺
福州
廈門
廣東
香港(英)
海南島
小笠原諸島
琉球諸島
北回歸線
臺灣
フィリッピン諸島
マニラ
フィリッピン海溝
エムデン海淵
南洋群島
パラオ島
南支那海
シャム
バンコック
佛領インド支那
ハノイ
メコン川
ビルマ
ラングーン
マレー半島
シンガポール
英領マラヤ
ボルネオ島
セレベス島
セレベス海
バンダ海
ジャヴァ島
スマトラ島
バタヴィア
蘭領東インド
豪洲
オーストラリヤ
チモール島
小スンダ列島
インド洋
ベンガル湾
カルカッタ
マドラス
ボンベイ
ハイデラバード
セイロン島
コロンボ
アンダマン諸島(英)
ニコバル諸島(英)
ヒンドスタン平原
ガンジス川
ヒマラヤ山脈
エヴェレスト山
ネパール
トランスヒマラヤ山脈
チベット高原
ラサ
崑崙山脈
タリム盆地
天山山脈
アルタイ山脈
サヤン山脈
ヤブロノイ山脈
バイカル湖
イルクーツク
クラスノヤルスク
ノヴォシビルスク
トムスク
オムスク
バルナウル
エニセイ川
レナ川
シベリヤ
北極海
中央シベリヤ高原
50 000 000
0 400 800 1200 1600 粁
0 100 200 300 400 里

第二十三圖

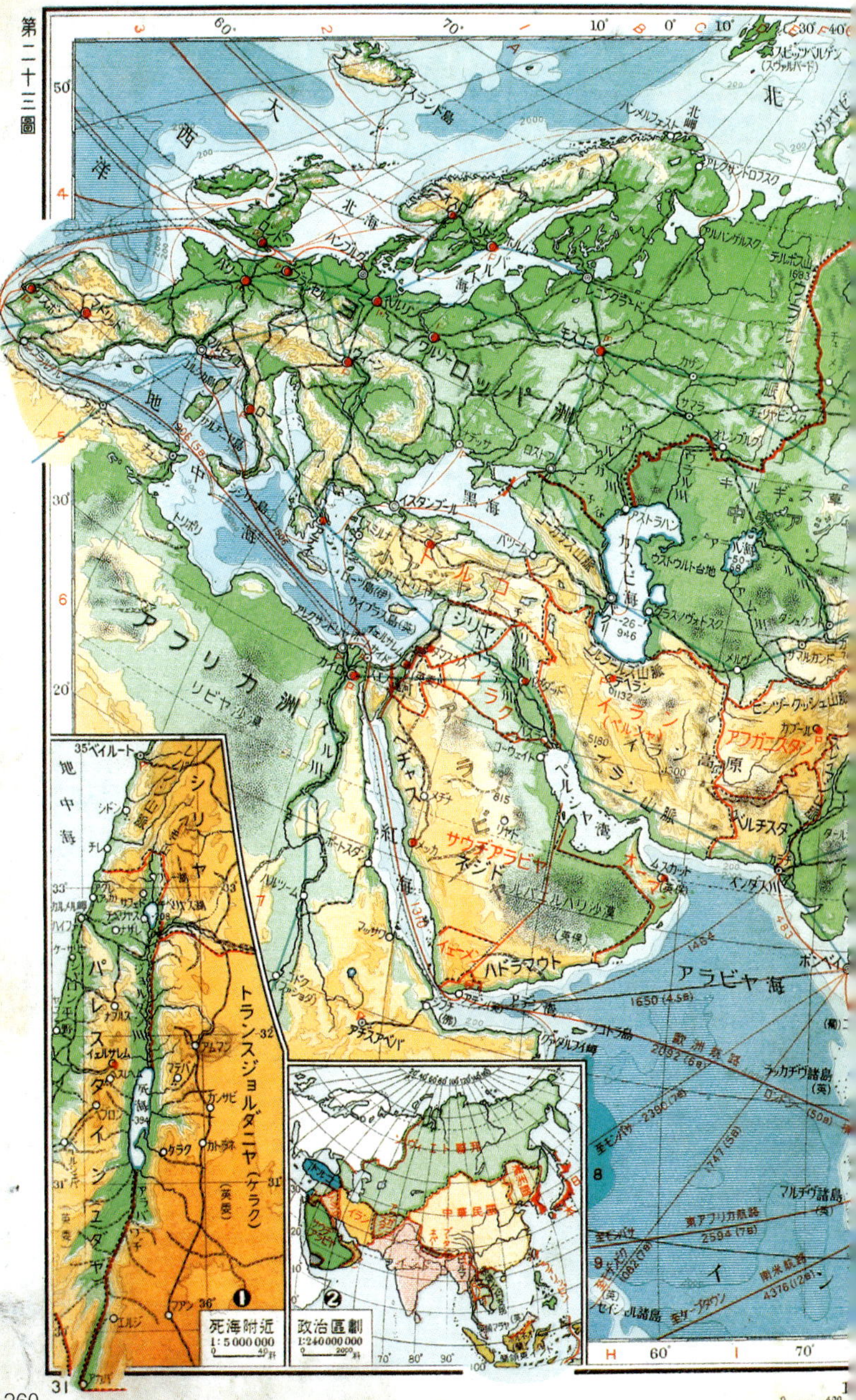
大西洋
北海
ヨーロッパ洲
地中海
黒海
カスピ海
アフリカ洲
リビヤ沙漠
ナイル川
紅海
ペルシヤ灣
アラビヤ海
インド洋
トルコ
シリヤ
イラク
イラン (ペルシヤ)
イラン高原
アフガニスタン
ベルチスタン
サウヂアラビヤ
ヘヂャス
ネヂド
アラビヤ
イエーメン
ハドラマウト
オーマン
ルブアルハリ沙漠
ウラル山脈
キルギス草原
中央アジヤ
アラル海
ウストウルト台地
コーカサス山脈
エルブルズ山脈
ヒンヅークッシュ山脈
インダス川
モスコー
レニングラード
イスタンブール
アンカラ
カイロ
アレクサンドリヤ
バグダッド
テヘラン
カブール
メッカ
アデン
ムスカット
ボンベイ
アストラハン
バクー
スピッツベルゲン (スヴァルバード)
アイスランド島
ハンメルフェスト
アルハンゲルスク
ソコトラ島
ラッカヂヴ諸島 (英)
マルヂヴ諸島 (英)
セイシェル諸島
歐洲航路
東アフリカ航路
南米航路
ベイルート
ダマスクス
ハイファ
エルサレム
アンマン
死海
パレスチナ
トランスジョルダニヤ (ケラク)
(英委)
ユダヤ
❶ 死海附近 1:5 000 000
❷ 政治區劃 1:240 000 000
中華民國
ソヴィエト聯邦
滿洲國
日本
インド

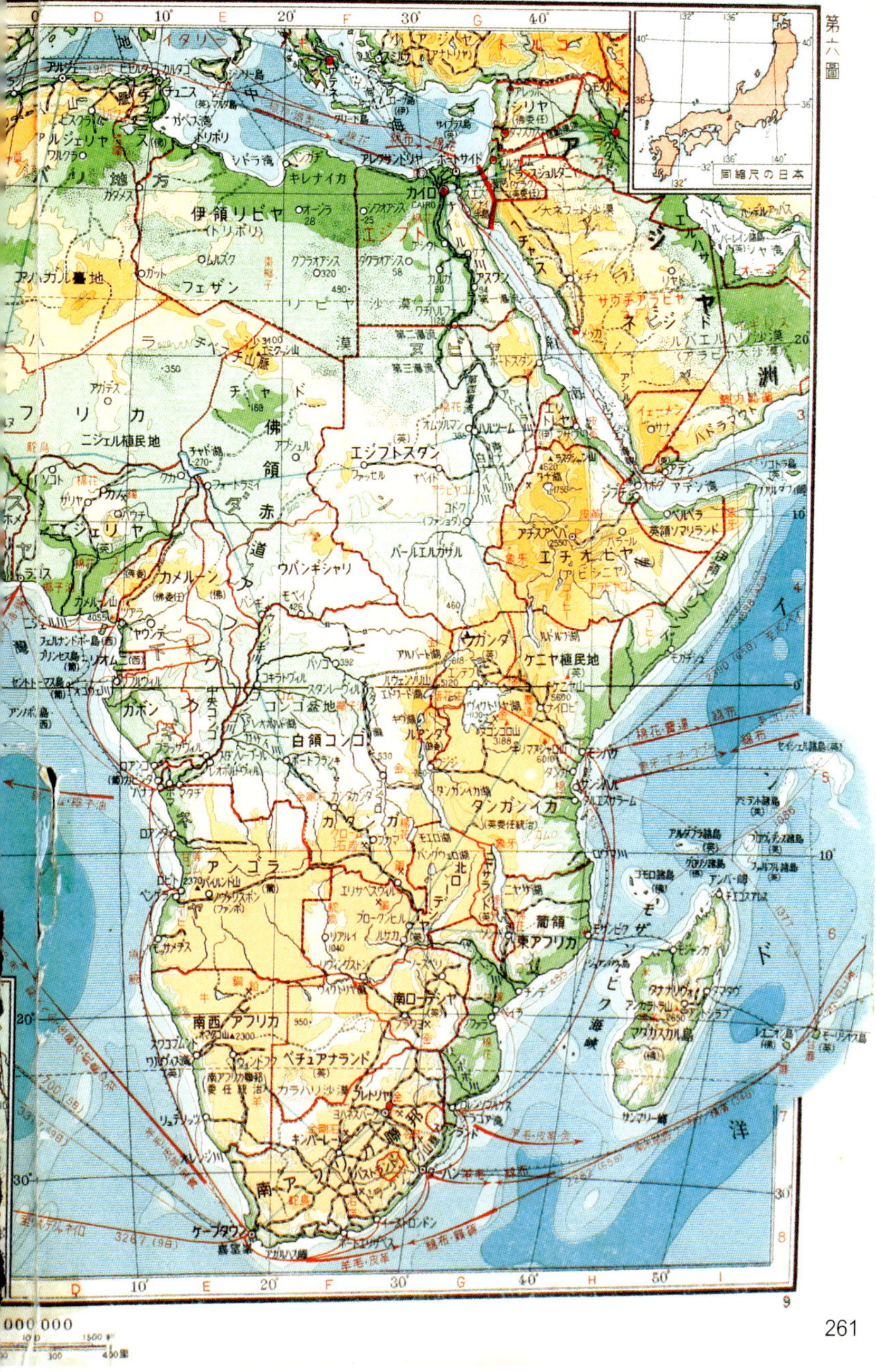
第六圖
同縮尺の日本
イタリー
地
中
海
トルコ
シリヤ
アルジェー
チュニス
トリポリ
アルジェリヤ
ベンガジ
キレナイカ
アレクサンドリヤ
ポートサイド
カイロ
CAIRO
スエズ
エジプト
伊領リビヤ
（トリポリ）
フェザン
リビヤ沙漠
アハガル臺地
サハラ
チベスチ山
チャド
佛領
赤道
アフリカ
ニジェル植民地
アラビヤ
ネヂヂ
ヘヂャズ
メッカ
サウヂアラビヤ
ルブアルハリ沙漠
（アラビヤ大沙漠）
イエメン
サナ
ハドラマウト
アデン
アデン灣
ソコトラ島
英領ソマリランド
ベルベラ
エヂプトスダン
ハルツーム
オムヅルマン
ヌビヤ
バールエルガザル
アヂスアベバ
エチオピヤ
（アビシニヤ）
伊領ソマリランド
モガヂシュ
ウバンギシャリ
カメルーン
ナイジェリヤ
ギニヤ灣
フェルナンドポー島
プリンセス島
セントトーマス島
アンノボン島
ガボン
コンゴ盆地
白領コンゴ
ウガンダ
ケニヤ植民地
ナイロビ
キリマンジャロ山
モンバサ
ザンジバル
ダルエスサラーム
タンガニイカ
タンガニイカ湖
ヴィクトリヤ湖
セイシェル諸島
カタンガ
アンゴラ
ベンゲラ
北ローデシヤ
ニヤサランド
葡領東アフリカ
南ローデシヤ
南西アフリカ
ワルヴィス灣
ベチュアナランド
カラハリ沙漠
プレトリヤ
ヨハネスバーグ
キンバーレー
南アフリカ
ダーバン
イーストロンドン
ポートエリザベス
ケープタウン
喜望峯
アガルハス岬
モザンビク
モザンビク海峡
コモロ諸島
マダガスカル島
タナナリヴォ
モーリシャス島
レユニオン島
インド洋
000 000

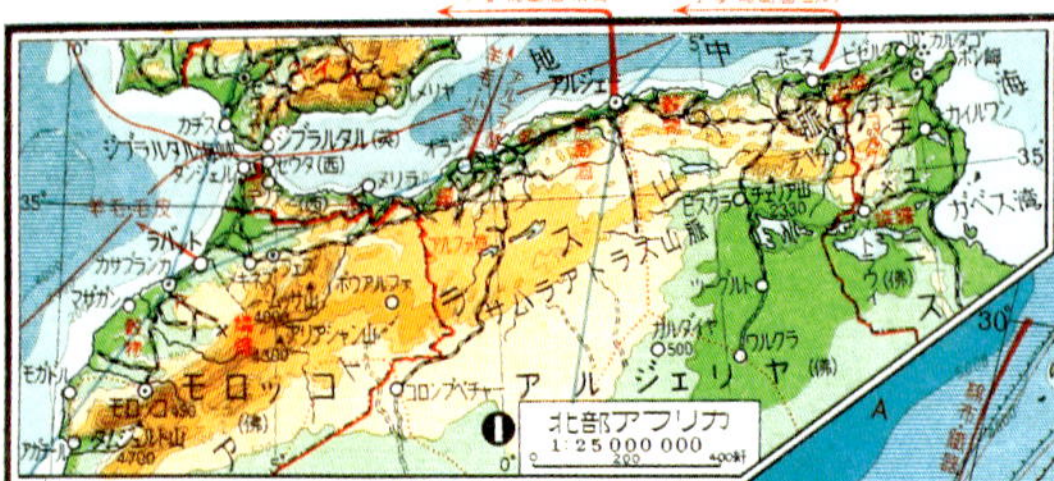
北部アフリカ
1：25 000 000
地中海
アルジェ
チュニス
ジブラルタル(英)
セウタ(西)
タンジェル
メリラ
カサブランカ
ラバト
マラケシュ
モロッコ
アトラス山脈
サハラアトラス山脈
アルジェリヤ(佛)
モロッコ(佛)
ガベス湾
ビスクラ
ワルグラ
コロンブベシャー
ツーグルト

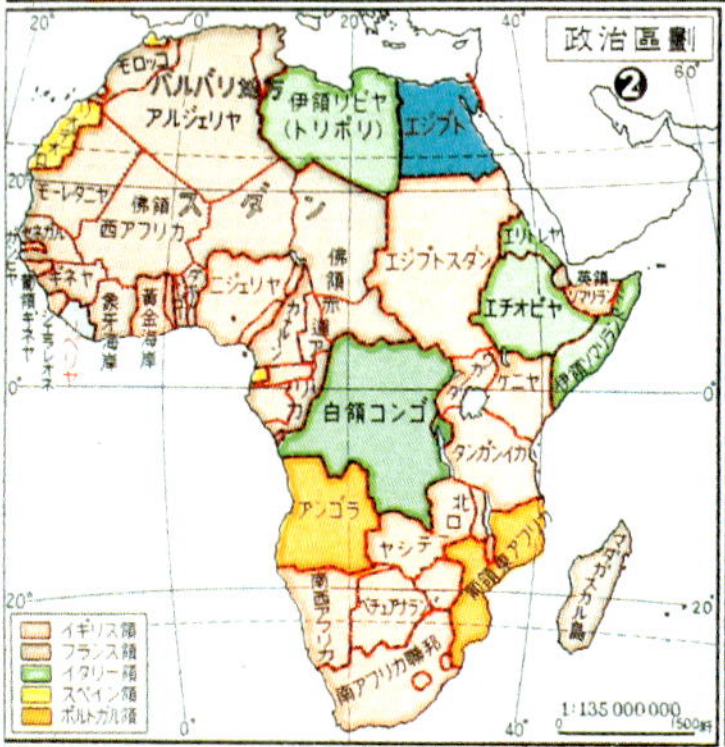
政治區劃
モロッコ
バルバリ諸國
アルジェリヤ
伊領リビヤ(トリポリ)
エジプト
佛領西アフリカ
スダン
エジプトスダン
エチオピヤ
エリトリア
英領ソマリランド
ケニヤ
タンガニイカ
白領コンゴ
アンゴラ
北ロ
南ロ
南西アフリカ
南アフリカ聯邦
マダガスカル島
黄金海岸
象牙海岸
ニジェリヤ
イギリス領
フランス領
イタリー領
スペイン領
ポルトガル領
1：135 000 000

北回歸線
リスボン
ポルトガル
マディラ諸島(葡)
フンチャル
カナリヤ諸島(西)
テネリフェ島
リオデオロ(西)
ブランコ岬
モーレタニヤ
佛領スダン
ヴェルデ岬諸島(葡)
ヴェルデ岬
セネガル
ダカル
ガンビヤ(英)
葡領ギネヤ
佛領ギネヤ
佛領西アフリカ
シエラレオネ
リベリヤ
モンロヴィヤ
象牙海岸
黄金海岸
上ヴォルタ植民地
大西洋
アッセンション島(英)
セントヘレナ島(英)

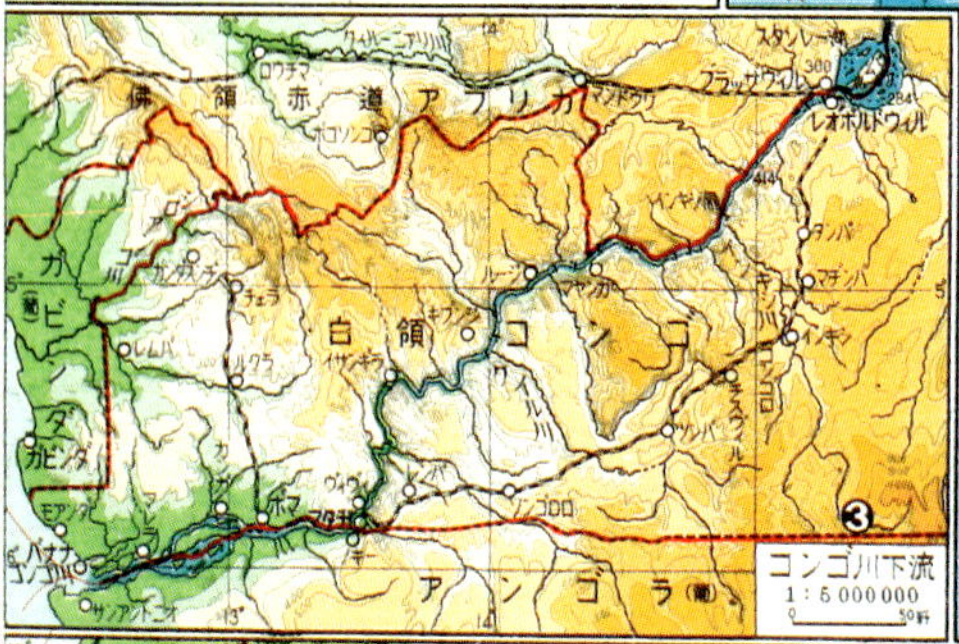
コンゴ川下流
1：5 000 000
佛領赤道アフリカ
白領コンゴ
スタンレー湖
ブラッザヴィル
レオポルドヴィル
マタディ
ボマ
バナナ
カビンダ
アンゴラ(葡)

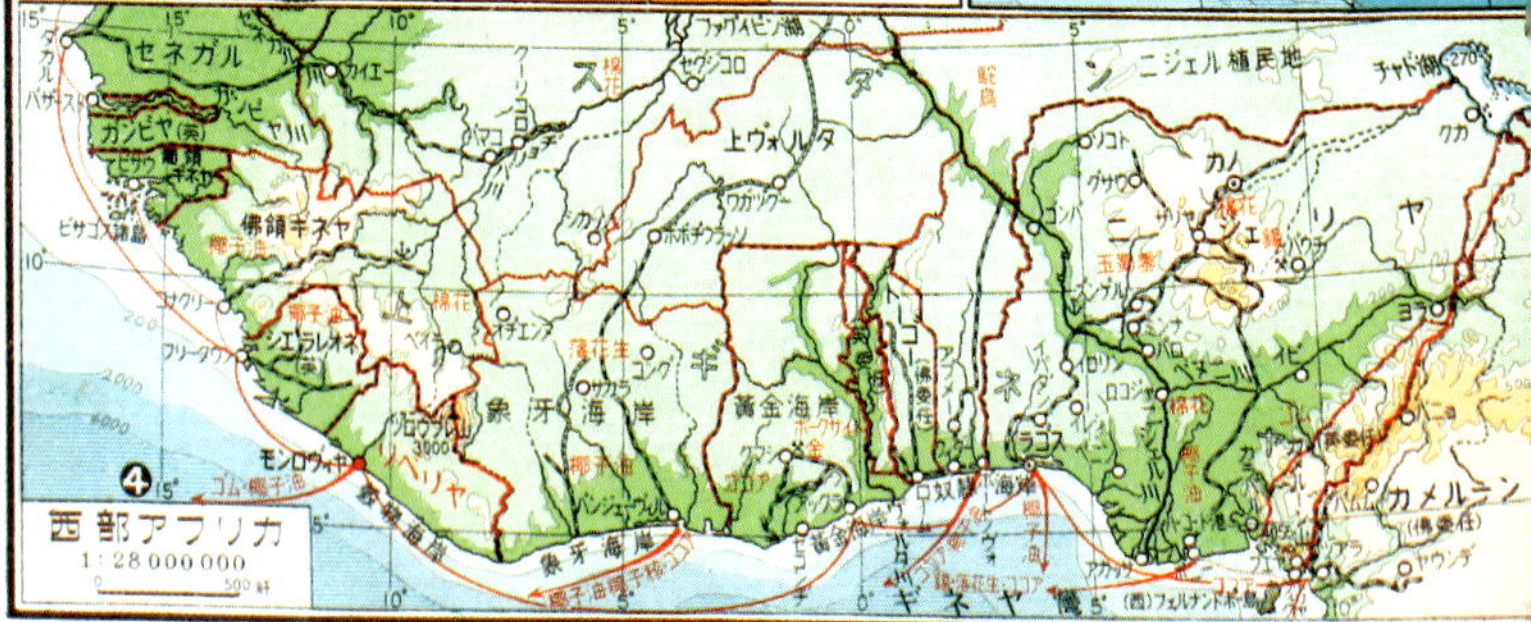
西部アフリカ
1：28 000 000
セネガル
ガンビヤ(英)
佛領ギネヤ
ビサゴス諸島
コナクリー
フリータウン
シエラレオネ
リベリヤ
モンロヴィヤ
象牙海岸
黄金海岸
上ヴォルタ
トーゴー
ラゴス
ニジェリヤ
カメルーン
ニジェル植民地
チャド湖
ギネヤ灣
フェルナンドポー

1：4…